피의일요일

아시아에서는 《바이링궐 에디션 한국 대표 소설》을 기획하여 한국의 우수한 문학을 주제별로 엄선해 국내외 독자들에게 소개합니다. 이 기획은 국내외 우수한 번역가들이 참여하여 원작의 품격을 최대한 살렸습니다. 문학을 통해 아시아의 정체성과 가치를 살피는 데 주력해 온 아시아는 한국인의 삶을 넓고 깊게 이해하는 데 이 기획이 기여하기를 기대합니다.

Asia Publishers presents some of the very best modern Korean literature to readers worldwide through its new Korean literature series 〈Bilingual Edition Modern Korean Literature〉. We are proud and happy to offer it in the most authoritative translation by renowned translators of Korean literature. We hope that this series helps to build solid bridges between citizens of the world and Koreans through a rich in-depth understanding of Korea.

바이링궐 에디션 한국 대표 소설 **070**

Bi-lingual Edition Modern Korean Literature 070

BloodySunday

피의일요일

Yun I-hyeong

ASIA
PUBLISHERS

Contents

피의일요일

BloodySunday

찬란하던 그해에, 우리는 모두 이 땅의 자랑스러운 모험가였다. 삶은 그대로 전쟁이었고 전투는 우리의 일상이었다. 진보와 향상은 우리를 숨 쉬게 하는 이유였고 속도와 경쟁은 우리 삶에 부어지는 윤활유였다. 슬픔으로 더럽혀진 죽음을 원치 않았기에 우리는 좀더 나은 인류가 되고자 했다. 그래서 우리는 언데드가 되었다. 죽음을 결코 두려워하지 않는 우월한 종족. 우리에게도 우리를 유일한 존재로 만드는 죽음은 있었다. 그러나 삶의 끈덕짐은 죽음보다 믿을 만한 것이었고, 죽음이 우리의 이름을 물어올 때면 우리는 기다렸다. 누군가가 우리에게 다시 접속해주기를. 그리하여 존재의 거대한

That fine year, we were all proud adventurers of the world. Our life was war, and fighting was our daily routine. Progress and improvement allowed us to breathe, and swiftness and competition greased the gears of our lives like oil. Because we refused to yield to a pitiful death, we strove to become a better sort of humanity. We became the Undead, a superior race that had no fear of death. And when death came to us it made us into unique individuals. But, the tenacity of life was more reliable than death. When death asked for our names, we just waited. We waited until someone else would log on, so that the game of life would con-

무채색 질문이 도사리고 있는 던전에 혼자 던져지는 두려움 없이 256가지 빛깔로 삶이라는 게임이 지속되기를.

주위를 둘러보았다. 모든 것은 지난번 잠에서 깨어날 때와 같았다. 나는 차가운 벽돌 바닥 위에 한쪽 무릎을 세우고, 그 위에 맞잡아 얹은 두 손 위로 고개를 괸 채 불편하게 의식을 되찾았다. 익숙한 어둠이 두 눈을 사로잡았다. 물기를 머금은 벽에 규칙적인 간격을 두고 밝혀진 석유램프의 불빛이 동공을 찔렀다. 젖은 이끼가 왼쪽 발밑에서 으깨지며 미끄러졌다.

무언가 꿈을 꾼 것 같았다. 그러나 언제나처럼, 꿈의 내용이 기억나기 전에 현실의 감각들이 열린 구멍들을 통해 무턱대고 밀려들어왔다. 어디선가 뼈가 으스러지는 소리가 들려왔다. 우두둑, 뚝, 뚝. 어두운 건물 바깥쪽, 썩어가는 나무 계단을 올라가면 나오는 언덕 저쪽에서였다. 힘겹게 몸을 일으켰다. **밖으로 나가야 한다.** 정언명법으로 된 명제가 머릿속을 가득 채웠다. 콧속으로 무언가 썩는 냄새가 밀려들었다. 밖으로 나가야 한다. 그것은 보랏빛 명조체로 힘차게 타이핑한 포인트 18 크기의 명제였다. 포인트 18이라는 단어를 떠올리다

tinue in 256 colors without the fear that we might be thrown into a dungeon where the great achromatic-colored question waited.

I looked around. Everything was the same as the last time I'd woken up. I was huddled up uncomfortably on a cold brick floor, my chin resting on my hands over a propped knee. The usual darkness pooled into my eyes. Tiny lights from the kerosene lamps hung along the damp wall needled the pupils of my eyes. I crushed several damp rags of moss under my left foot, slipping a little.

I felt like I had just had a dream. But, as usual, before I could remember it, the sensations of my reality rushed in through all pores in my body. I heard the sound of bones being crushed coming from somewhere. Ududuk, ttuk, ttuk. It came from the dark area outside the building, on the opposite side of the hill you could only reach by climbing up the rotting wooden staircase. I managed to get up. I should go out. I felt my head swell and balloon with this thesis, a categorical proposition. A rotting smell attacked my nose. **I should go out**. That was the thesis, typed forcefully in a purple, size eighteen

가 나는 잠시 아찔한 현기증을 느꼈다. 오른손이 조금씩 떨리고 있었다. 문득 어떻게 해서 '밖으로 나가야 한다'라는 문장이 마치 눈앞에 있고 만질 수도 있는 실체처럼 여겨질 수 있는가, 어떻게 해서 그 글자체며 글자 크기까지 하나의 개념으로 머릿속에 들어오는 것인가 하는 짧은 궁금증이 스쳐갔다. 그 문장은 나무로 된 간판에서 뜯어낸 활자처럼 대롱거리며 오른쪽 안구의 바로 뒤에서 왼쪽 귀 뒤까지 대각선으로 걸려 있었다. 그러나 썩은 나무 계단을 뛰어올라 숲이 보이는 언덕에 오르자 그 문장은 희미한 연보랏빛 그림자를 남기고 점멸했다. 숨이 찼다. 그러나 뛰어야 했다. 뛰지 않으면 삶은 점점 힘들어졌다.

길이 펼쳐져 있었다. 야트막한 내리막길이었다. 저만치 앞쪽에 곰팡이가 군데군데 핀 검은 천을 발끝까지 두른 대머리 노인이 보였다. 장의사였다. 그는 나에게 처음으로 길을 내려가라고 일러준 사람이었다. 나는 그를 겨냥하고 화살이 발사되듯 달려갔다. 그리고 멈춰 섰다. 왜 이 노인에게 달려왔을까? 딱히 할 말이나 용건이 있는 것도 아닌데. 잠시 그의 헐벗은 민둥 머리와 두 눈 아래쪽의 짙은 그림자를 바라보았다. 주름이 한 개

font, a Myungjo font. At the thought of size eighteen font, I felt dizzy for a moment. My right hand trembled slightly. Suddenly, I wondered how that sentence, "I should go out," would feel if it was material I could touch and see. I wondered how that sentence could have entered my brain even with that font style and size. That sentence hung across from just behind the pupil of my right eye to the back of my left ear. Each letter dangled as if it had just been torn out of a wooden signboard. However, when I ran up the rotting wooden stairs and reached the hill where I could see forests a little ways away, that sentence flickered away, leaving only its vague, light purple afterimage behind. I was out of breath. Nevertheless, I had to keep running. If I hadn't run, my life would have become more and more difficult.

There was a stretch of road in front of me. It bent slightly downward. Some distance away, there was an old bald man, his body wrapped entirely in black cloth with moldy spots here and there. He was an undertaker. He was also the person who had told me to go down that road in the first place. I ran to him like I was an arrow. Then, I stopped.

13

쯤 더 늘었을까? 아닌 것 같았다. 그는 더 이상 나이를 먹지 않는 것처럼 언제나 그 모습으로 그 자리에 서 있었다. 허리께까지 와 닿는 구부러진 마호가니 지팡이를 든 채 내 쪽으로 몸을 향하고, 움직임 없이. 그의 시선은 내 머리를 관통해 그 뒤편의 어둠을 향해 있었다. 그도 나에게 용건이 없는 게 분명했다. 아니, 그는 내가 전혀 보이지도 않는 모양이었다. 그래서 나는 그를 무시하기로 마음먹고 계속 길을 뛰어 내려갔다.

무언가 살아 있는 것이 앞을 가로질러 뛰어갔다. 삐리릿 삣 삣, 하는 미세한 소리를 내며 겁에 질려 달아나는 그것은 더럽고 통통한 갈색 쥐였다. 다음 순간, 그것은 죽어 있었다. 나는 땅바닥에 퍼질러 앉아 막 생명이 꺼진 그 작은 덩어리를 양손의 손톱으로 파헤친 다음, 김이 모락모락 나는 고깃덩이를 번갈아 입으로 가져갔다. 왼손, 오른손, 왼손, 오른손. 과장되게 양팔을 사용하는 그 동작을 누군가 보았다면 마치 매스 게임의 움직임 같다고 했을 것이다. 문득 그 움직임이 우스꽝스럽다고 생각한 순간, 내 머릿속의 혈관이 보였다. 이유는 알 수 없지만 분명히 두 개의 안구 위쪽, 머릿속 깊은 곳에 들어 있어야 할 영상이 눈앞에 펼쳐졌다. 혈관은 상한 지

Why was I running towards him? I had neither any-thing specific to say to him nor did I have any business to discuss with him. I stared at his bald head and at the dark circles under his eyes for a while. Had he added just one more wrinkle? No, he didn't look like it. He stood there as if he wouldn't get any older.

He was facing me. He held a crooked mahogany staff that came up to his waist. He wasn't moving at all. His eyes looked right through me and into the darkness behind me. Clearly, he didn't have any business with me, either. No, he looked as if he couldn't even see me. I decided to ignore him and kept running down the road.

Some animal skittered across the road in front of me. The animal, piping and terrified, was a fat, dirty rat. The next moment, it dropped dead. I settled myself down on the road comfortably, and dug into its small body with my fingernails. I brought the meat into my mouth with my both hands. Left, right, left, right. If somebody saw my exaggerated arm movements at that moment, he might have thought that I was part of some mass calisthenics demonstration. Suddenly, as soon as I thought my

오래된 우유 같은 초록빛이었으며 방사상으로 펼쳐져 있었다. 그것은 징그러웠다. 그리고 머리가 으깨진 쥐가 땅바닥에서 하얀 거품을 내며 경련하는 것이 보였다. 그것은 30초 전의 일이었다. 지팡이가 있었다. 장식이 없는 1미터 정도 길이의 지팡이가 등 뒤에서 날아갈 듯 가볍게 빠져나오는 것이 보였다. 그것은 1분 전의 일이었다. 고깃덩어리를 이빨로 씹은 후 혀를 이용해 침과 골고루 뒤섞었다. 그것은 2초 전의 일이었다. 그러자 나의 움직임이 생각났다. 양손으로 지팡이를 움켜쥐고 더러운 갈색 쥐의 급소를 겨냥해 휘둘렀다. 그것은 45초 전의 일이었다. 이끼, 혈관, 물기, 나는 문득 고기를 먹는 일을 중단하고 싶었으나, 어둠, 빛, 죽은 피, 손톱, 포인트 18, 빛나는 것, 그럴 수 없었다. 그것은 30초 후에나 가능했다. 유리? 나는 꿈속에서 반짝이는, 유리와 비슷해 보이는 무언가를 발견했다. 중단은 25초 후에나 가능했다. 그것은 땅에 떨어져 있었다. 중단은 20초 후에나 가능했다. 물결치듯 세공된 나무 테두리로 감싸인 그것은 희미하게 떨어지는 저녁 노을빛을 반사해 은근하고 묵직하게 반짝이고 있었다. 중단은 15초 후에나 가능했다. 나는 전에 그런 종류의 물건을 본 적이 한 번

movement looked ridiculous, I could see the veins inside my head. I don't know why, but I could see the image of what should clearly have been deep inside my head right above my pupils. My veins were green like milk gone bad and they fanned out in a radial array. They looked grotesque. Then, I could see a rat on the road. Its head had been crushed and it twitched briefly before white foam began to form around the edges of its mouth. This had happened thirty seconds ago. I saw a staff. I could see a plain staff about one meter long slide lightly from behind as if it was flying. That happened one minute ago. After chewing the meat, I mixed it evenly with my saliva, using my tongue. That was two seconds ago. Then, I remembered how I'd done it. I'd grabbed the staff with my hands and struck the vital part of the dirty brown rat with it. That was forty-five seconds ago. Moss, veins, wet. I suddenly wanted to stop eating the meat. But, the darkness, the light, dark blood, fingernails, eighteen-point font, and something shiny made me unable to stop. I could stop thirty seconds later. Glass? I'd discovered something that shined, something that looked like glass, in my dream. I

도 없었으므로 바쁘게 그것을 집어 들었다. 그것은 당연한 반응이 아닐까? 중단은 10초 후에나 가능했다. 머릿속의 혈관은 방사형이었고 매우 징그러웠다. 중단은 5초 후에나 가능했다. 나는 그 반짝이는 물건 속에서 헝클어진 내 초록색 머리 타래의 일부를 보았다.

고기 먹기가 중단되었다.

고기는 맛이 있었다. 에너지가 한꺼번에 충족되는 느낌이었다. 나는 상쾌한 기쁨에 젖어 일어섰다. 그리고 내리막길을 따라 다시 달리기 시작했다. 머릿속이 희고 정갈했다. 랄랄라, 노래라도 부르고 싶은 심정이었다. 그리고 어서 죽이고 싶었다. 저 아래에서 기다리고 있을 무언가를. 다른 누군가 그것의 뼈를 우두둑 부러뜨리고 탐욕스럽게 씹어 먹기 전에. 7초 후 그 욕망은 충족될 것이었다. 정확히 7초만 달려가면 되는 거리에 그것이 있었다. 그것은 온몸을 덜그럭거리며 휘청휘청 걸어다니는 해골이었다. 길고 흰 뼈는 군데군데 은빛으로 빛나고 있었다. 그 바로 옆으로 어두운 회색의 무언가가 지나갔다. 그러나 잠시 바라보자 그것은 이내 보이지 않게 되었다. 그것은 가치 없는 회색 덩어리였다. 아마도 반쯤 썩어 문드러진 시체였을 것이다. 죽여봐야

could stop in twenty-five seconds. That shining object was on the ground. I could stop in twenty seconds. Surrounded by a wavy patterned wooden frame, the object shined gently and gravely, reflecting the vague colors of dusk falling just then. I could stop in fifteen seconds. Because I had never seen something like that, I rushed to pick it up. It must have been a natural response, right? I could stop in ten seconds. The veins in my head spread radially, and they looked grotesque. I could stop in five seconds. I saw a part of my disheveled green hair within the object.

I stopped eating the meat.

The meat was delicious. I felt as if I'd recharged all my necessary energy at once. I got up, refreshed and happy. I began to run down the road again. It was white and clear inside my head. I felt like humming. And, I couldn't wait to kill something that must be waiting for me down there before someone else could crush its bones and devour its meat. That desire would be fulfilled in seven seconds. It lay at a place exactly a seven-second running distance away. It was a tottering skeleton, a skeleton rattling its whole body all over. Its long,

동전 한 닢 정도와 약간의 에너지밖에, 해골이 바라보았다, 나도 해골을 바라보았다, 해골의 옆구리에 있던 칼이 순식간에 장을 꿰뚫고 들어왔다, 20초, 손이 찰흙반죽을 빚을 때처럼 동그랗게 모아지고, 15초, 해골의 단검이 후퇴하며 내 살에서 빠져나왔다, 10초, 나는 조금 전에 먹은 고기를 토해내고 싶어졌다, 5초, 언제부터 쥐 같은 것을 먹었을까, 손에서 동그란 불덩어리가 튀어나갔다. 목울대 아래쪽에서 보라색 섬광이 치받혀 올라 정수리 한가운데를 뚫고 나갔다. 불덩어리에 맞은 해골이 바로 반격해왔다. 20초, 15초……, 그렇게 일곱 번을 반복하자 해골은 쓰러져 땅에 뒹굴었다. 쓰러져 누워 있는 해골의 표정은 끔찍했다. 그것은 언젠가 본 누군가의 시체를 떠올리게 했, 나는 다시 앉아 있었고, 1분 45초, 뼈에는 별로 먹을 것이 없었지만 에너지를 올리는 데는 충분한 가치가 있었다, 그리고 동전 다섯 닢, 시체에서 꺼낸 것, 가방에 집어넣자 찰칵 하는 소리가 났다, 1분 30초, 주위로 회색 덩어리들이 스쳐 지나갔다, 1분 15초, 나는 어제보다 향상된 것 같았다. 머릿속으로 빛나는 연두색 문장이 관통해갔다. **화염 기술이 향상되었습니다**(29), 1분, 나는 문득 내가 몇 살인지 궁

white bones glimmered silver. Something dark gray passed right by it. While I looked at it, it disappeared in a flash. It was a worthless gray mass. It was probably dead, a half rotten body. Even if I had killed it, it would have given me no more than a coin and little energy. The skeleton looked at me. I looked back at the skeleton. The knife the skeleton had at its side immediately penetrated my intestines. Twenty seconds, and my hands rolled in like I was working clay dough. Fifteen seconds, and the skeleton's dagger retreated and left my body. Ten seconds, and I wanted to puke out the meat I had just eaten. Five seconds. Since when had I begun to eat things like rats? A round mass of fire shot out of my hand. A purple flame soared up from under my vocal cords and went right through the crown of my head. After being struck by the mass of flames, the skeleton immediately attacked me. Twenty seconds, fifteen seconds... After repeating this seven times, the skeleton fell to the ground and rolled over. Prostrate and on its back now, I could see the skeleton had an appalling facial expression. It reminded me of a dead body I'd seen... I sat down again. One minute and forty-five

금해졌다, 45초, 먹는 일을 중단할 수는 없을까? 그럴 수는 없을 것 같았다, 30초, 조금 전에 사라진 문장의 포인트는 15였다, 15초, 어젯밤에도 꿈을 꾼 것 같았다.

뼈 먹기가 중단되었다.

뼈는 맛이 있었다. 에너지가 한꺼번에 충족되는 느낌이었다. 나는 상쾌한 기쁨에 젖어 일어섰다. 그리고 내리막길을 따라 다시 달리기 시작했다. 머릿속이 희고 정갈했다. 랄랄라, 노래라도 부르고 싶은 심정이었다. 그리고 어서 죽이고 싶었다. 저 아래에서 기다리고 있을 무언가를. 다른 누군가 그것의 뼈를 우두둑 부러뜨리고 탐욕스럽게 씹어 먹기 전에.

갑자기 어둠이 떨어졌다.

단두대의 칼날이 떨어지기 전 눈을 싸맨 천이 그렇듯, 가장 비참한 종류의 마음의 각오라도 하게 해주는 어둠이 아니었다. 어둠은 늘 마리오네트의 등 뒤에 달린 피아노 줄을 가볍게 끊어버리는 손가락처럼 툭 하고 왔다. 그러면 나는 얼굴도 팔도 다리도 없이 어둠 속에 깨끗한 무(無)로 주저앉았다. 한동안 어떻게 된 것인지 알수 없었다는 것은, 의식만은 살아 있었다는 뜻이다. 나

seconds, and although there wasn't much to eat in that skeleton, I could summon enough energy. Then, there were five coins. I took them out. When I put them into my bag, there was a clicking sound. One minute and thirty seconds, several gray masses passed by me. One minute fifteen seconds, and I seemed to have improved since yesterday. A brilliant light green sentence penetrated my brain: **Your flame skills have improved** (29). One minute, and suddenly I found myself wondering how old I was. Forty-five seconds. Couldn't I stop eating? It seemed impossible. Thirty seconds, and the point for the sentence that had disappeared just now was fifteen. Fifteen seconds. It seemed that I had had a dream the night before as well.

I stopped eating the skeleton.

The skeleton was delicious. I felt as if I'd recharged all necessary energy at once. I got up, refreshed and brimming with a happy sensation. I began to run down the road again. In my head, it was white and clear. I felt like humming. And, I couldn't wait to kill something that must be waiting for me down there before someone else could crush its bones and swallow its meat.

는 어떻게 된 것인지 알지 못한 채 잠시 용해된 의식 상태로 모든 곳에 존재했다. 그렇게 있을 때 나는 초록이었고 빨강이었으며, 동시에 오각기둥이었고 다지류의 일종이었으며, 밀가루였고 물이었고 별이었다. 일순간에 난도질을 당해 여기저기로 흩어져 있던 의식이 조금씩 뭉치며 덩어리를 이루기까지 걸리는 시간은 때에 따라 달랐다. 그러나 언제나 마지막에는 간신히 하나의 덩어리를 이룰 수 있었다. 목소리가 들려오는 것은 그때였다.

"……로 돌아야 해."

"……?"

목소리가 들린다면 최소한 귀와 청각은 존재하는 것이 된다. 거대한 검은 타르 같은 어둠 속에서 희미하게 잡아끄는, 들을 수 있는 감각을 향해 나는 온 힘을 다해 자신을 집중했다.

"뒤로 돌아야 해."

"으어."

이번에는 내가 내 목소리에 흠칫 놀랄 차례였다. 무(無)에서 존재로, 매번 귀 다음에는 입이 돌아왔다. 그러나 나는 목소리가 공간을 진동시킬 수 있으리라는 사실

24

Suddenly, darkness fell.

It was not the kind of darkness that prepared you for the bitterest wretchedness like the cloth tied around your eyes before the drop of the guillotine's ax. Darkness always came abruptly like fingers plucking loose the string at the back of a marionette. When it came, I collapsed into a clean nothingness—neither face nor arms nor legs. For a while I did not know what was happening, which must have meant, though, that at least my consciousness was still alive. Without knowing what was happening, for a moment I existed as a consciousness dissolved everywhere. In that moment, I was green. I was red. I was a pentagonal column. I was a sort of millipede. And I was flour, water, and a star. Each time, it took different length of time for my scattered consciousness to begin to collect and mass together again. Nevertheless, I could always manage to form a mass in the end. It was always then that I could hear a voice saying, "I have to return to..."

I wondered what that meant. If I could hear a voice, then it meant that at least my ears and sense

을 까맣게 잊고, 마치 방금 죽인 동물의 마지막 울음소리 같은 것을 내곤 했다. 최초의 말문은 매번 그렇게 터졌다.

"누구세요?"

이제 겨우 제대로 된 문장을 만들 정도가 되었다.

"아직 익숙하지 않은 모양이구나. 하긴 그들은 늘 이런 식으로 우리를 분해해놓고 가지. 그렇지만 잘 들어. 이것에 익숙해져야 해. 그들은 다음번에도, 또 그 다음번에도 이렇게 할 테니까."

젊은 여자의 목소리였다. 나이는 스물여덟쯤 되었을까? 억센 억양이 단어 하나하나를 강조하고 있었다. 마치 여관에서 만날 수 있는 엄숙한 직업 상급자 같은 목소리였다. 그러나 확인해볼 길은 없었다. 여전히 아무것도 보이지 않았다. 자신의 몸이 있는지조차, 귀와 입으로부터 내려가면 턱과 팔과 다리가 제대로 형체를 갖추고 존재하는지조차 알 수 없었다.

"상급 마법사이신가요?"

"그렇지 않아. 넌 아직 죽은 것과 산 것을 구별하지 못하는군. 시간이 별로 많지 않으니 간단히 말할게. 내 이름은 마지막마린, 인간 도적이고 너와 같은 플레이어

of hearing still functioned. I concentrated with all my might on my sense of sound that drew me towards itself within the darkness like enormous vat of black tar.

"I have to return to where I came from."

"Uh-oh." I was always surprised to hear my own voice. From nothingness to existence. Every time, my mouth returned after my ears. But, every time I completely forgot that my voice could vibrate in space. So, I would always make a sound like the last cry of an animal just about to be slaughtered. Each and every time, that was how I first began to speak.

"Who are you?"

Finally, I was able to form a normal sentence.

"You must not be familiar with this yet. Well, they always leave after breaking us down like this. But, listen carefully. You have to become used to this. They will always do this the same way, after this, and then the time after this."

The speaker was a young woman. Perhaps, around twenty-eight years old? She was articulating every word with emphasis. Her voice was like a stern superior's you'd meet at an inn. There was no

다. 그리고 너의 이름은 피의일요일, 너는 언데드이고 직업은 마법사일 거야. 나는 너를 기억하고 있어."

"저를 아신단 말인가요?"

"너뿐 아니라 이곳에 누워 있는 대부분의 사람들을 알고 있어. 너는 모르겠지만 이곳에는 우리만 있는 게 아니야. 하지만 오직 너만이 내 목소리에 반응해왔어. 다른 플레이어들은 아마 그럴 능력이 없는 듯해. 하긴 그들이 바라는 것이 바로 그것이겠지만."

목소리는 계속 하대를 하고 있었다. 타인에 대한 혐오 감과 경계심을 누르고 무언가가 계속 존댓말로 묻도록 나를 이끌었다.

"지금 여기에 다른 사람들이 있다고요? 하지만 아무 것도 보이지 않는데. 전 지금 제가 있는지조차 확신할 수 없는데요."

"그건 너를 조종하는 누군가가 너를 이곳에 남겨둔 채 연결을 끊어버렸기 때문이야. 그러면 우리는 잠에 빠지게 돼. 그 잠을 이겨낼 수 있는 사람은, 현재로선 나와…… 너뿐인 것 같다."

"잠이라고요? 그러고 보니 깊은 잠에 빠지는 것 같기도 해요. 완전히 내가 없어져버리는 것 같은 기분이

way of confirming this, though. I could still not see anything. I didn't know if my body existed, if I was fully equipped with a chin, arms and legs under my ears and mouth.

"Are you a superior sorceress?"

"No. You still don't know how to distinguish what is alive and what is dead. Because I don't have much time, I'll explain it briefly. My name is Marge McMahon. I'm a human thief and a player like you. And your name is BloodySunday. You're an Undead and I believe you're a sorcerer. I remember you."

"Are you saying that you know me?"

"I know not only you but also almost all of the people lying here. You might not know this, but we aren't the only ones here. But, you're the only one who responded to my voice. The other players probably don't have that ability. I guess that's what they want."

The voice continued to speak down to me. Something continued to make me respect her and suppress my disgust and wariness around her and everyone.

"Are you saying that there are other people here? But, I can't see anybody. I'm not even sure I'm

니까."

"그리고 기억도 사라지지. 우리의 에고도 사라져. 우리를 우리로 만드는 것이 남아 있지 않게 돼. 어떤 의미에선 짧게 지속되는 죽음이랄 수도 있어."

"……"

당혹스러운 말들이었다. 이해할 수 없는 것이 한둘이 아니었다. 갑작스럽게 머리가 깨질 듯 아파왔다. 거기에 있는 것이 머리가 맞다면 말이다.

"저, 제 이름이 피의일요일, 이라고 하셨나요?"

"그래, 너는 너의 이름을 알지 못했나?"

"한 번도 불린 일이 없으니까요. 상급 마법사들은 늘 어린 마법사여, 배우려는 자여, 이런 식으로 불렀어요. 다른 사람들은 저를 외면했고요."

"피의일요일이라, 그건 저 바깥의 세계에서 일어난 일을 가리키는 말이야. 거리를 걸어가는 너와 같은 사람들을 다른 사람들이, 말하자면 상급 마법사 같은 사람들이, 쏘아 죽였지. 모두 열세 명이 죽었어. 음울하지 않아?"

뭐가 음울하다는 것인지 이해할 수 없었다. 사람이 사람을 죽인다는 것, 그건 늘 일어나는 당연한 일이었다.

here."

"That's because the someone who controls you left you here after disconnecting you. When we get disconnected, we fall asleep. At the moment, I... and you seem to be the only ones who can overcome that sleep."

"Sleep? Come to think of it, I feel like I'm falling deeply into sleep. I feel as if I'm disappearing completely."

"And our memories also disappear. Our egos disappear as well. Nothing that makes us ourselves remains. In some sense, one might call this a brief death." I didn't know what to say. I couldn't understand what she was saying. Suddenly, a shot of pain ran through my head, if what I felt there was were actually my head.

"Did... you...say that my name is... BloodySunday?"

"Right. You didn't know your name?"

"I've never been called by my name. The senior sorcerers always called me 'Dear young sorcerer!' or 'Dear one who wants to learn!' The others avoided me."

"BloodySunday. That's a phrase that refers to

내가 살기 위해서는 누군가를 죽여야 했다. 그 피를 마시고 시체를 씹어 에너지로 전환해야 했다. 살아남기 위해서라면 하루에 열세 명이 아니라 130명이라도 그렇게 해야 했다. 그러나 상급 마법사가 하급 마법사를 죽인다는 것, 그것은 조금 오싹한 가정이었다. 상급 마법사들은 절대적으로 신뢰할 만한 사람들이었다. 임무를 받기 위해 상급 마법사를 찾아갔다가 그가 발사한 불타는 화살에 심장 한가운데가 꿰뚫리는 상상을 하자 몸이 저절로 움찔했다. 얼굴이 보이지도 않는 이 이상한 목소리의 주인공은 이상한 말을 하고 있었다. 무엇보다 이상한 단어가 하나 있었다. 나는 물었다.

"바깥 세계란 뭐죠?"

목소리는 물음에는 대답하지 않고 다시 질문을 던졌다.

"……하긴 너의 종족을 생각해보면 그리 음울해할 일이 아닌지도 모르겠군. 너는 언데드지?"

"네."

"언데드가 어떤 종족인지 알고 있어?"

침이 꿀꺽 목구멍으로 넘어갔다. 이것은 일종의 시험인지도 모른다. 일단은 성실하게 대답하는 것이 좋을

something that happened in the outside world. Other people, people like superior sorcerers, shot and killed people like you walking on the street. Altogether, they killed thirteen people. Depressing, isn't it?"

I couldn't understand what she meant by depressing. People killing people, that was something natural, something that happened all the time. You had to kill others in order to live. You had to turn their blood and bodies into energy by eating and drinking them. In order to survive, as many 130 might have had to die, let alone 13. Still, for a senior sorcerer to kill a junior sorcerer. That was a little chilling thought. Superior sorcerers were people you could rely on entirely. Imagining a senior sorcerer's burning arrow penetrating my heart when I visited him to receive my orders—I flinched. The odd voice of a person whose face I couldn't see was saying odd things. Above all, I was struck by that last phrase she'd used: "the outside world."

"What is the outside world?" I asked her.

Without answering my question, the voice instead asked, "Well, come to think of it, it might not be too depressing. You are an Undead, correct?"

것 같았다.

"음, 그러니까 우리는 죽은 것도 아니고 산 것도 아닌 상태의 종족이지요. 이미 한 번 죽었다가 다시 삶으로 돌아왔지만 그 중간 정도에 머무르고요. 무덤에서 태어나고, 피곤하거나 지쳐도 무덤으로 돌아와 쉬지요. 햇빛을 싫어하고, 어둠의 힘, 악마와 좀비들과 친하고요. 그들로부터 어두운 힘을 받아 이용하기도 하지요. 물론 우리도 죽을 때는 죽어요. 하지만 다시 살아나지요. 그건 아마 다른 사람들도 마찬가지겠죠. 하지만 우리의 특별한 점이라면 죽음을 다른 사람들보다 조금은 덜 두려워한다는 거겠죠."

"그래, 맞아. 너를 조종하는 누군가는 어쩌면 정치와 사회에 관심이 많은 사람이었는지도 몰라. 그래서 수십 년 전에 일어난 그 일에 특별한 의미를 부여하고 네 이름으로 선택했을 수도 있지. 하지만 그랬을 가능성은 그리 높지 않아. 바깥 세계에서도 이제 그런 일은 점점 중요하게 생각되지 않고 있으니까 말이야. 그보다는 그저 '피'라는 단어를 사용해 너를 명명하고 싶어 했을 가능성이 크겠지. 어둠과 죽음을 두려워하지 않고 친밀하게 여기는 존재라는 것을 보여주기 위해서. 하지만 죽

"Yes."

"Do you know what race the Undead belong to?"

I swallowed. This could be some sort of test. I thought I should answer truthfully.

"We are neither dead nor alive. When dead, we can return, but never completely. We're born in the grave and we rest there when we're tired and exhausted. We don't like the sunlight. We are friends with the dark powers, with devils and zombies. Sometimes we receive their dark powers and use them. Of course, we die when we die. But we can revive. That is probably true of other people. But, what's special about us is that we are a little less afraid of death than other people."

"That's right. The person who controls you might be someone who is very interested in politics and society. He might have chosen your name to immortalize that particular incident that happened many decades ago. But, the possibility of that isn't very high. These days, an incident like that has lost its significance, even in the outside world. Rather, he might have chosen your name just to include the word "blood" in it. Just to show that you're someone who's not afraid of darkness and death,

음과 조금 더 친하다고 해서 마음을 놓고 있을 수만은 없어. 진짜 죽음은 그런 것과는 전혀 상관이 없는 문제야. 저 바깥의 세계를 보지 못하고 평생 이렇게 살아가는 한, 우리는 모두 조금씩 조금씩 죽어가는 거야."

듣기 유쾌한 이야기는 아니었다. 여기 말고 다른 세계가 존재한단 말인가? 정치란 건 무엇인가? 도대체 누가 나를 조종한단 말인가? 여기 이 이상한 목소리의 주인공은 살짝 미친 게 아닐까. 소의 머리를 지닌 우둔한 종족인 타우렌들이 사는 황량한 들판으로 가면 키가 3미터에 덩치가 집채만 한 미친 골렘들이 있다고 들었다. 이 사람은 어쩌면 그런 미친 골렘들 중 하나가 아닐까. 문득 두려움이 밀려왔다. 이곳은 어쩌면 함정일지도 몰랐다. 이 사람은 이대로 나를 한주먹에 끝내버리고 시체를 맛있게 먹어치운 뒤 에너지를 보충할 생각인지도 몰랐다. 그러나 두려움을 한주먹에 끝내버린 건 호기심이었다. 나는 파리 떼가 들끓는 시체를 싼 거적을 들춰보는 심정으로 두 번째로 같은 질문을 던졌다.

"바깥의 세계란, 어떤 곳이지요?"

갑자기 대답이 없었다.

주위의 소리가 미세한 구멍으로 흡입되는 것 같은 프

but familiar with it. Nevertheless, you can't be careless about death, just because you're friendly with it. Real death has nothing to do with it. As long as we're living like this, without ever looking out at the outside world, we'll all die eventually."

It wasn't a pleasant speech to listen to. Was there really another world different from this one? What were politics? Who on earth was controlling me? Perhaps this person was a little crazy? I heard that, if you went to the wasteland where the Taurens, an idiotic race with bovine heads lived, you'd find mad golems the size of houses. Three meters tall. Perhaps she was one of these golems? I began to sweat. This could be a trap. She might be thinking of finishing me off with a strike and eating my body to replenish her energy supplies. Still, I was too curious to feel entirely paralyzed. I asked her again the same question I'd just asked her, as if I was looking under the straw mat infested with flies enshrouding a dead body, "What is the outside world?"

Suddenly, no answer.

I could hear a faint sound, the sound of apparently all of the sound around me being sucked out

르륵, 하는 소리가 들리면서 어둠으로 가득한 공간에 떨림이 생겼다. 보이지 않는 목소리의 주인공이 엷어지고 있었다.

"뒤로 돌아. 뒤로 돌아야 해. 내 말을 잘 새겨들어."

그 목소리의 마지막은 흉하게 갈라지면서 툭 끊어졌다. 마치 무덤 주위에 어지럽게 돋아나 망자의 혼을 산란하게 만드는 어둠풀의 뿌리처럼. 그 갈라진 목소리의 부스러기는 어쩐지 분한 것 같은 어조였다. 목소리가 사라져버린 뒤, 나는 다시 무(無)에 가장 가까운 상태로 환원되었다. 의식만이 또렷하게 흘러다녔다. 목소리는 뒤로 돌아야 한다고 했다. 뒤에 뭐가 있단 말인가? 나는 한참을 앞과 뒤에 대해 생각했다. 피의일요일이라는 내 이름에 대해서도 생각했다. 그것은 당혹스러운 이름이었다. 한 번도 본 적 없는 은색 버섯이 산더미같이 쌓여 있는 목제 테이블을 보는 것 같았다. 누군가의 입술을 통해 그 울림을 들어본 건 처음이었는데, 그렇게 낯설게 느껴지는 이름이라니.

까무룩, 피로가 찾아왔다. 나는 그 피로를 붙잡고 질질 끌어보려고 힘을 기울였다. 누군가가 그런 내 안간힘을 읽었다면 이미 끝나버린 연인과의 관계를 지속시

through a tiny hole, and I could feel a tremor through the dark space. The invisible person was growing thinner.

"Turn around! You need to turn around. Listen to my words carefully..." The sentence was cut short violently before it could finish. Like the roots of a dark plant sprouting randomly across a grave, bewildering the soul of the dead. The fragments of that cracked voice sounded a little disturbed. After the voice disappeared, I was reduced once again to a state close to nothingness. Only my consciousness was clearly floating around. The voice told me to turn around. What was behind me? I thought about my front and back for some time. I also thought about my name: BloodySunday. That was an embarrassing name. I felt as if I were looking at a wooden table covered in a mountain of silver mushrooms I had never seen before. This had been my first time hearing the sound of that name echo through someone else's lips. How strange it had been!

I felt suddenly extremely tired. I was trying very hard to carry on, hanging desperately onto my last threads of strength and exhaustion. If someone had

키려는 여자의 마음 같다고 했을 것이다. 그러나 곧 잠이 나를 덮었다. 나는 어둠 속으로, 한없는 심연 속으로 돌아가 온화해졌다.

찬란하던 그해에, 우리는 모두 이 땅의 자랑스러운 모험가였다. 삶은 그대로 전쟁이었고 전투는 우리의 일상이었다. 진보와 향상은 우리를 숨 쉬게 하는 이유였고 속도와 경쟁은 우리 삶에 부어지는 윤활유였다. 이루어지지 않을 꿈이 종족을 멸망시키는 것을 원치 않았기에 우리는 다른 모험을 선택했다. 그래서 우리는 마법사와 전사와 사제와 도적이 되었다. 우리가 결코 될 수 없었던 과학자와 비행사와 대통령과 록 스타가 이룰 수 없는 이상을 실현하는 종족. 우리에게도 찢어진 붉은 깃발처럼 휘날리는 혁명에의 미망은 있었다. 그러나 시스템의 견고함은 혁명보다 믿을 만한 것이었고, 갈망이 우리의 이름을 물어올 때면 우리는 기다렸다. 누군가가 우리에게 다시 접속해주기를. 그리하여 존재의 거대한 무채색 질문이 도사리고 있는 던전에 혼자 던져지는 두려움 없이 256가지 빛깔로 삶이라는 게임이 지속되기를.

seen me at the moment they might say my last efforts were like the heart of woman clinging desperately to the remnants of her finished relationship. But soon, sleep overpowered me. I returned to darkness, to that bottomless pit, and felt at peace.

That fine year, we were all proud adventurers of the world. Our life was war, and fighting was our daily routine. Progress and improvement let us breathe, and swiftness and competition greased the gears of our lives like oil. Because we didn't want impossible dreams destroy our race, we chose different adventures. We became sorcerers, warriors, priests, and thieves. Races that could fulfill the ideals that could not be fulfilled by scientists, pilots, presidents, and rock stars, people we could never become. We, too, had an illusive aspiration for revolution that danced and spun in the air like a flag about to be ripped into the breeze. However, we could trust the system's firmness more than a revolution. When an ardent desire of ours called our names, we waited until someone would log on again, so that the game of life would continue in

갑자기 사위가 밝아졌다.

주위를 둘러보았다. 모든 것은 지난번 길에 서 있을 때와 같았다. 나는 여러 번의 죽음과 들판의 흙먼지와 수십 마리의 구더기가 갉아 먹고 지나간, 반쯤 썩어 너덜너덜해진 초급 마법사용 보랏빛 로브를 걸친 채 피에 굶주린 숨을 몰아쉬면서 내리막길에 서 있었다. 무언가에 대해 누군가와 대화를 나눈 것 같다는 생각이 잠시 들었다. 그러나 그 생각은 3초가 지나자 사라졌다. 그리고 문득 어떤 종류의 외롭고 떳떳한 욕구로 이루어진 문장이 그 자리를 대체했다. **퀘스트를 수행해야 한다.** 포인트 25의 황금빛 굴림체였다. 나는 내리막길을 따라 달리기 시작했다. 저만치 길 끝으로 공동묘지가 있는 들판이 조금씩 다가왔다.

"어둠풀 열두 뿌리를 뽑아오도록 해라. 묘지를 어지럽히는 골칫거리 어둠풀 때문에 죽은 자들의 넋이 평안한 안식에 이르지 못하고 있다."

쩡쩡 울리는 목소리로 들판 수호자는 그렇게 퀘스트를 내렸다. 포인트는 28이었고 황금빛 윤고딕체였다. 꽤 중요하다는 의미였다.

퀘스트는 이 세계에서 살아가기 위해 사람들이 달성

256 colors without fear that we might be thrown into a dungeon where the enormous achromatic-colored question crouched in waiting.

Suddenly, it became bright.

I looked around. Everything looked the same as before, when I stood on the road. I was standing on a sloping road, panting, bloodthirsty and wearing a tattered, half rotten purple robe for a beginner-level sorcerer. For a moment I thought that I might have been talking about something with somebody. But, that thought disappeared three seconds later. And suddenly, a sentence full with a certain lonely and proud desire replaced that thought. **I should perform my quest**. It was written in a 25-point Gulim font. I began to sprint down the road. Far away, the field where I could see a public cemetery gradually drew nearer.

"Uproot twelve dark plant roots and bring them to me. The dead cannot rest in peace because of those agitators, dark plants that disturb the cemetery."

The loud ringing voice of a field guard provided the quest instructions. It was written in a 28-point golden Yun Gothic font. This font meant that it was

해야 할 단계별 임무였고, 퀘스트 제안을 받는 사람은 그것을 수락하거나 거절할 수 있었다. 너무 어려운 퀘스트를 받으면 나중에 포기하기도 했지만, 대부분의 퀘스트는 약간의 기술과 노력만 있으면 달성 가능한 목표였고 더 나은 단계의 삶으로 올라가는 데 필수적인 조건이었으므로 사람들은 보통 퀘스트 수행에 열을 올리는 편이었다.

나는 퀘스트를 받아들이기로 했다. 얼마 전 약초 기술자로부터 전수받아둔 초보 수준의 약초 감식 기술도 있었고, 무엇보다 그 퀘스트를 제안한 들판 수호자의 풍만한 체구를 바라보고 있으면 나도 모르게 마음이 놓였던 것이다. 들판 수호자의 몸은 거대한 살덩어리로 되어 있었다. 누군가가 그 몸을 보았다면 싸움판에서 맞아 죽은 뒤 초록색 염료 통에 빠졌다 나온 스모 선수의 시체 같다고 했을 것이다. 한쪽 눈에는 날카로운 양철 조각이 여러 개 꽂혀 눈구멍이 보이지 않았다. 다른 쪽 눈은 크고 희멀건 자위로 되어 있었으며, 그 가운데에는 분노로 불타는 검은 눈동자가 썩은 지 오래된 달걀 노른자처럼 떠 있었다. 두툼하게 달라붙어 허물처럼 여러 겹으로 접히면서 허리께로 흘러내리는 살집을 제외

a very important quest.

A quest was a task for people to fulfill at every stage to live in this world. Those who were given quests could either accept or reject them. When you were offered too difficult a quest, you might sometimes give up later, but most quests could be achieved with minimal technique and effort. Because quests were necessary steps to reach higher stages of life, people tended to be enthusiastic about performing them.

I decided to accept the quest. I recently learned basic level herb-discerning skills from an herb specialist. Above all, when I looked at the stout body of the field guard who proposed the quest to me, I felt comfortable automatically. A person who saw his body might have said that he looked like the corpse of a sumo player killed during a fight and then dunked into a can of green dye. Hundreds of tin fragments were stuck to one of his eyes, making it entirely invisible to others. The other eye had a large white ball, in the middle of which a black pupil burned furiously and floated like a long rotten egg yoke. Except for the thick flesh sliding down his body in slough-like folds, he

하면, 그는 허리춤에서부터 무릎까지 너덜너덜하게 떨어진 누더기를 걸치고 있을 뿐이었고, 그 아래로는 코끼리 다리만큼이나 굵은 두 다리가 굳건히 땅을 디디고 있었다. 퀘스트를 내리는 마을의 다른 주요한 인물들과 마찬가지로 그는 언데드였다. 그가 언제, 어떻게, 왜 죽었는지 나는 알지 못했고, 다른 사람들도 알지 못했다.

오솔길에서 북쪽으로 언덕을 올라 수많은 이름 없는 자들이 죽어 누워 있는 묘지로 달렸다. 퀘스트를 수락한 머릿속에 다시금 황금빛 문장이 스쳐갔다. **어둠풀 열두 뿌리를 뽑아오도록 해라.** 뇌의 주름 하나하나가 짜릿한 기대와 전율로 새롭게 무두질되는 기분이었다. 나는 마법책을 열고 얼마 전에 암기해둔 약초 감식 주문을 읊조렸다.

다음 순간, 머릿속에 3×3사이즈의 초록색 정사각형이 정원에서 떠낸 잔디 한 삽처럼 펼쳐졌다. 그리고 그 위로 짙은 회색 점들이 뚝, 뚝 돋아났다. 묘지의 각 비석이 있는 위치가 표시된 것이었다. 나는 죽은 자의 침대인 비석들 사이의 좁은 길을 따라 신경을 곤두세우며 약초 감식에 관한 지식을 덩굴손처럼 뻗었다. 그러자 초록 정사각형 위 회색 점들 사이로 둥근 황금빛 테두

was only wearing a tattered rag that covered his body from waist to knee. His two legs, as thick as an elephant's, were rooted firmly to the ground. Like the other main players ordering quests in the village, he was also an Undead. I did not know when, how, and why he had died. Others didn't know, either.

After climbing up a northward hill from a path, I ran towards the cemetery where innumerable nameless people lay dead. In the head of mine that had accepted the quest, a sentence written in gold flashed by me. **Pluck and bring to me twelve dark plant roots**. I felt as if every single wrinkle in my brains hammered with excited and trembling expectations. I opened my magic book and recited the herb-discerning spell I had learned by heart a little while before.

The next moment, a 3X3 green square appeared in my head like a spade-sized clod of grass just dug out from the garden. Then, dark gray dots spread over it one after the other. At the point of each spot, there was a gravestone. I groped along the narrow paths between gravestones, the beds of the dead, stretching my herb-discerning knowl-

리로 둘러싸인 작은 원들이 하나씩 솟아나기 시작했다. 퀘스트 아이템인 어둠풀이 자라난 자리가 머릿속에 명료하게 좌표화된 것이었다. 나는 매번 확신으로 가득한 이런 사소한 순간들의 달콤함을 잊기가 힘들었다. 직감의 표면에 떠오른 그 좌표에서 신경을 떼지 않은 채 가장 가까운 곳에 있는 첫 번째 목표물로 다가갔다. 묘지 옆 땅 아래로 질긴 뿌리를 내리고 있는 어둠풀의 줄기를 휘어잡았다. 그리고 재빨리 뽑아 들었다. 어둠풀이 날카로운 식물성의 비명을 내질렀다. 단숨에 뽑아야 했다. 시간을 끌면 이 지독한 풀은 저주가 담긴 수액을 내뿜는 수도 있으니까. 나는 뽑은 어둠풀을 옆구리에 차고 있던 붉은색 가방에 주섬주섬 챙겨 넣었다. 찰칵 하는 소리가 났다. **어둠풀 1/12.** 황금빛 그래픽체가 다시 스쳐갔다. 두 번째 어둠풀을 향해 막 발걸음을 옮기려던 찰나였다. 갑자기 급수를 떠올릴 수조차 없을 만큼 커다란 핏빛 폰트가 시야를 가득 채웠다.

분노에 찬 도굴꾼

옆구리에 타는 듯한 통증이 밀려왔다. 누군가 옆에서 내 허리 살을 뭉텅 베어냈다.

분노에 찬 도굴꾼이 당신을 공격하고 있습니다!

edge like tendrils. Then, small circles with golden rings around them began to spring up one after another among the gray dots on the green square. These were the coordinates for the spots where the dark plants, my quest items, grew. I always found it hard to forget the sweet feeling I got from these trivial moments. Without losing sight of these coordinates that had appeared above the surface of my consciousness, I approached my first target, the one closest to me. I grabbed the trunk of dark plant rooted firmly in the ground next to the grave. Quickly, I plucked it free. The dark plant shrieked. It was a vegetable cry. I had to pluck it instantly. If I took too long, this nasty plant might shower its surroundings with cursed sap. I tossed the plant into the red bag I always carried with me. My motions were a little clumsy. A shutter sound followed. **Dark plant 1/12**. A phrase written in golden graphic font passed by the moment I was about to head towards the second dark plant. Suddenly, a phrase in a blood-red font, so large it was impossible to approximate its size exactly, filled my eyes.

Angry Tomb Raider

A burning pain overwhelmed my side. Somebody

나는 그제야 오른쪽으로 몸을 빙 돌렸다. 험상궂은 얼굴, 이글이글 불타는 눈동자와 곰의 발톱보다 더 억센 다섯 개의 칼날 손톱을 지닌 저주받은 난쟁이족 도굴꾼이 팔을 내밀어 허리를 푹 찌르고 있었다. 나는 재빨리 마법책을 꺼내어 초급 마법의 한 종류인 불타는 화살 주문을 외우기 시작했다, 그러나 다시 허리가 푹 찔렸다, 마법력이 부족했다, 세상이 핏빛 한 가지로 풀썩 물들었다, 그리고 다시 제 색깔로 돌아왔다, 혈관 속을 흐르는 초록빛 피가 단번에 반으로 확 줄어드는 것이 느껴졌다, 나는 마법력을 보충하기 위해 가방에서 치유의 샘물이 든 병을 꺼내 마시려고 했다, 그러나 그것은 전투 중에는 할 수 없는 동작이었다, 모두 열세 명이 죽었어, 어딘가에서 목소리가 들려왔다, 하지만 누구의 목소리였는지 기억나지 않았다, **위험합니다**, 새롭고 커다란 핏빛 폰트가 눈앞을 지나가는 것을 보다가 나는 푹 쓰러졌다, 마지막으로 내가 본 폰트는 눈물이 뚝뚝 떨어질 듯한 짙은 회색이었다. **당신은 죽었습니다. 20초 뒤면 영혼이 되어 자동으로 안식처로 이동합니다.** 음울하지 않아? 목소리는 그렇게 속삭였다.

cut a large portion of my flesh from out of my side.

An angry tomb raider is attacking you!

Finally, I spun around to my right. A tomb raider belonging to the cursed dwarf race, his face huge and threatening, pupils burning, and with knife-like nails tougher than a bear's, thrust his arm out towards me and dug into my side. I tore out a magic book from my bag and began to recite a burning arrow spell, beginner-level sorcery. But, something pierced my side again. My magic wasn't enough. The world was becoming entirely bloody. And then, it regained its original color. I could feel the green blood in my veins reduced to half instantly. In order to supplement my magic, I took out a bottle of spring water with healing properties. But that was an impossible thing to do during fight. "Altogether thirteen died," I could hear a voice say somewhere. I could not recognize the voice, though. **It's dangerous.** While watching a sentence written in a new, big, bloody font pass by in front of my eyes, I fell. The sentence I saw last was written in a dark gray font that looked like it was about to shed tears. **You're dead. You'll become a soul in twenty seconds and move to a resting place automatically.** "Isn't

나는 죽었다.

하지만 그것은 그렇게 당황스러운 일은 아니었다. 나는 반투명한 영혼 상태로 변해 있었다. 서 있는 곳은 묘지 한쪽에 마련된 작은 안식처였다. 여러 개의 매끄러운 흰색 바위로 둥그렇게 둘러싸인 지름 10미터 정도의 그 작은 원형 공간은 전투 중에 죽은 영혼들이 자동적으로 옮겨지는 곳이었다. 육체를 떠난 영혼 상태로 바라보는 세상은 어쩔 수 없이 조금 감상적이었다. 길에 깔린 자갈에도, 묘지의 초록빛 풀잎에도, 한쪽에 서 있는 나무 등치의 갈색에도 죽음을 알리는 연한 회색 필터가 한 겹 덧씌워져 있다. 그러나 감상적으로 행동할 시간이 별로 없다는 것을 알고 있었다. 나를 죽음으로 몰아넣은 도굴꾼은 지금쯤 내 시체를 이리저리 살펴보고는 그 주위를 배회하고 있을 것이다. 왼쪽으로 몸을 90도 돌렸다. 거기에 친숙하고 안정감을 주는 존재가 있었다. 하늘거리는 베일을 걸쳐 입은 치유사였다. 온몸이 투명한 은빛으로 눈부시게 빛나는 그 존재는 언제나처럼 두 날개를 활짝 편 채 공중에 둥실 떠 있었다. 나는 조심스럽게 그녀에게 다가가 말을 걸었다.

"부활하고 싶습니다."

this depressing?" a voice whispered.

I was dead.

But I wasn't that embarrassed about it. I transformed into a semitransparent soul. I was standing at the small resting place that had been prepared at a corner of the cemetery. Souls that had died during the fight were automatically moved to that small round space. It had a diameter of only about ten meters. When you watched the world as a disembodied soul, you inevitably felt a little sentimental. You looked at things—the gravel road, the green grass of the cemetery, and the brown tree stump standing at a corner—through a light gray filter, which indicated that you were dead. But I knew that I didn't have much time to indulge in sentimentality. The tomb raider who'd killed me must be looking around my body right now. I turned my body 90 degrees to the left. There was a person there I was familiar with and who gave me a sense of security. She was a healer and wore a cloak made of a soft veil. She floated, spreading her two wings fully. Her entire body shined a transparent silver. I carefully approached her and said, "I'd like

"부활하기 위해서는 그 대가로 당신이 착용한 모든 무기와 장비의 내구도를 이십오 퍼센트 감소시켜야 합니다. 마모를 감수하고 부활하겠습니까?"

"그렇습니다."

익숙한 위안이 온몸을 휘감았다. 치유사는 이해한다는 듯 미묘한 미소를 지었다. 다음 순간, 나는 몸이 가벼워지는 걸 느꼈다. 너덜너덜한 보랏빛 로브 아래 입고 있던 낡은 헝겊 가슴 보호구가 한층 더 낡아 사그라들었다. 등 뒤에 메고 있던 장식이 없는 1미터 정도 길이의 지팡이가 정확히 4분의 1 정도 강인함을 잃으며 손상되기 시작했다. 압축된 시간의 힘이 견습 마법사용 부츠 가죽에 파고들며 그것을 세차게 문질러 닳아버리게 하는 것이 느껴졌다. 그리고 다음 순간, 거짓말처럼 세상의 본래 색깔이 돌아왔다. 길에 깔린 자갈은 원래대로 지루한 자갈 빛을 띠었고, 죽은 자들의 뼈를 자양분으로 삼아 자라난 묘지의 초록 풀잎은 다시 통통한 초록빛으로 돌아왔으며, 나무 둥치의 갈색은 본래의 거칠거칠한 갈색을 회복했다. 죽음이 드리웠던 감상적인 회색 필터가 깨끗이 닦여 사라진 것이었다. 누군가 그 광경을 보았다면 와이어로 차 유리를 닦아내는 것

to be revived."

"In order for me to revive you, you have to reduce the durability of all your weapons and equipment by 25%. Do you choose to accept this and resurrect?"

"I do."

A familiar sense of comfort twined itself around my body. The healer smiled as if she had understood me. The next moment, I felt my body getting lighter. The worn-out cloth breast padding I wore under my tattered purple robe became more worn out and faded. The plain and simple one-meter long staff I was wearing on my back began to lose its strength by exactly 25%. I could sense the condensed time's power digging into my apprentice sorcerer boots and rubbing them hard to wear them out. And, the next moment, incredibly, the world regained its original color. The gravel on the road recovered its original boring color. The grass in the cemetery that subsisted on the bones of the dead regained their original lush green. The brown tree stump recovered its original rough brown color. The gray sentimentality filter of death that hung over everything was removed. Someone witnessing

같다고 말했을 것이다. 죽음은, 찾아왔던 것처럼 아주 간단하게 사라져버렸다.

전투 중에 죽어 영혼 상태로 변한 모든 사람들은 부활하기 위해 두 가지 선택을 할 수 있었다. 하나는 영혼이 된 채 달려서 자신의 시체가 있는 자리로 돌아가 육체와 영혼의 재결합을 이루는 것이었다. 이 방법은 아무런 대가를 치르지 않아도 된다는 장점이 있었지만 그만큼 위험이 따랐다. 누군가가 전투 중에 죽었다면, 그건 그보다 훨씬 강하고 레벨이 높아 그를 죽이기에 충분했던 무언가가 여전히 그의 시체 근처에 머무르고 있다는 뜻이었다. 영혼 상태로 고스란히 돌아가 시체를 찾아봤자 아무런 보람도 없이 그 자리에서 또 한 번 똑같은 죽음을 당하게 될 확률이 높았다. 그래서 많은 사람들은 자신의 시체를 가벼운 실패 정도로 여기고 방치했다. 그리고 두 번째 가능성을 선택했다. 그건 안식처에 머무르고 있는 치유사에게 대가를 지불하고 생명을 돌려받는 것이었다. 몸에 걸친 모든 무기와 장비의 내구도 감소. 무기와 장비는 시간이 흐르면 마모되었고 완전히 마모되면 닳아 사라져버렸다. 그것은 분명 작지 않은 희생이었으나, 생명을 되찾기 위해서 그 정도의

all of this might have described it like a windshield being wiped clean. Death disappeared as simply as it came.

All the people who died during battle and became souls had to choose one of two options to revive. One was for the soul to run to where the body was and reunite with it. This option was good because you didn't have to make any sacrifices to revive it. But, it was the more dangerous option. If somebody was killed during battle, that meant that another person who was much stronger and on a higher level, someone who was strong enough to kill him, would still be around the dead body. If a soul returned to its body and reunited with it, he would most likely die again at the hands of the same person on the spot. As a result, many people just abandoned their bodies, considering their deaths failures, trivial defeats. Instead, they often chose the other option, which was to get their lives back after paying a price to the healer at the resting place. The price was always a reduction in durability of all their weapons and equipment. Weapons and equipment wore out as time passed, and eventually disappeared. This was clearly not a small

희생은 해야 한다는 것이 나를 비롯한 많은 사람들의 생각이었다. 살아서 더 높은 레벨로, 더 나은 삶으로 올라가야 했다. 그것만이 모두의 희망이고 목적이었다. 나는 되찾은 생명의 세계를 향해 피에 굶주린 긴 숨을 한번 힘차게 내쉰 뒤, 다시 분주히 달리기 시작했다. 마을을 향해서였다.

나는 마을 대로 한쪽에 자리 잡은, 선한 60대 남자의 얼굴처럼 낡아가는 통나무 오두막집으로 들어갔다. 아크휘트의 무기 상점이었다. 원기를 충분히 회복하고 마모된 무기와 장비를 손보고, 몇 가지 마법 기술을 수련해 레벨을 올린 다음 난쟁이족 도굴꾼들에게 복수하러 되돌아갈 생각이었다.

수없이 많은 언데드가 달려 들어오고 또 달려 나간 결과 맨들맨들해진 마룻바닥 위로 포근해 보이는 호랑이 가죽 하나가 깔려 있었다. 벽 한쪽에는 슬픈 눈을 한 사슴 머리가 걸려 있었고 지붕과 맞닿은 벽의 네 모서리에는 크고 작은 거미줄이 형제들처럼 걸려 있었다. 오른쪽 벽에 있는 벽난로에서는 심해처럼 푸른 불꽃이 차가운 냉기를 내뿜으며 지글지글 타고 있었다. 마을에

price, but many people, including myself, thought that this was certainly a price worth paying to regain our lives. We had to live in order to rise to higher levels and enjoy better lives. That was our only hopes and goals. After exhaling a long blood-thirsty breath, breathing in regained world of the living, I began tearing down a sloping path. I ran towards a town.

I entered a log cabin that had aged like the face of a sweet old man in his sixties. This cabin was located on one side of a main thoroughfare of the town. It was Arquette's weapon shop. My plan was to recover my energy completely, take care of my worn-out weapons and equipment, raise my level by learning a few more magic techniques, and then be on my way to take revenge on the dwarf tomb raiders.

There was a comfortable-looking tiger skin rug on the floor. It looked worn out, shiny and slippery because of the many of the Undead who had run in and out of the store. On a corner of a wall, there was a mounted deer head with sad eyes. Spider webs hung like brothers on all four corners of the

는 여러 군데의 무기 상점이 있었지만 나는 늘 아크휘트의 무기 상점만을 이용했다. 그것은 어쩌면 가짜 온기 따위로 사람을 위안하려 들지 않는 저 솔직한 벽난로의 불꽃 때문인지도 몰랐다. 이 가게 안에 들어서면 혈관 속을 울부짖으며 흐르는 상한 우윳빛 피의 격렬한 흐름이 조금은 느긋해지곤 했다. 혹은 아크휘트 때문인지도 몰랐다.

그가 방 한가운데 서 있었다. 아크휘트, 무기 상점 주인.

마을에 사는 모든 사람들과 마찬가지로 그도 언데드였지만, 그에겐 어딘가 언데드 같지 않은 면이 있었다. 그는 30대 중반쯤의 남자였다. 어쩌면 300살인지도 몰랐다. 어쨌든 나는 나 자신의 나이조차도 알지 못하지 않는가? 하여간 그는 적당히 젊어 보였고, 180센티미터 정도의 건장한 체구를 지니고 있었다. 계절을 타지 않는 미색 옷감으로 만들어진 낡은 상의와 사슴 가죽으로 된 짙은 갈색 바지를 입고 상점 주인용 부츠를 신고 있었다. 초록빛 눈에는 다른 모든 언데드처럼 죽음의 기운이 서려 있었지만, 그 안에는 무언가 좀 다른 것이 들어 있었다. 그것이 무엇인지는 알 수 없었다. 벽에 걸린

walls where they touched the ceiling. In the fire-place in the wall on my right side, flames as blue as the deep sea blazed while somehow still sending cold throughout the room. Although there were many weapon stores in town, I went exclusively to Arquette's. This may have been because of the flames in the fireplace that never even tried to comfort people with false warmth. Once I stepped inside Arquette's store, I could feel that the screaming stream of rotten-milk-colored blood in my veins flow a little more slowly. Or, I may have frequented this store so often because of Arquette.

He was standing in the middle of the store. Arquette. The owner of a weapon store.

Like everyone in this town, he was an Undead, but there was something in him that made him un-like the other Undeads. He was apparently in his mid-thirties. He might have been three hundred years old, though. At any rate, I didn't know my own age, did I? Anyway, he looked somewhat young and had a stout body 180 cm tall. He was wearing a worn-out, pale yellow, all-season shirt, dark brown deerskin pants, and a pair of boots specifically made for storeowners. There was a

사슴의 그것처럼 눈동자가 크고 맑기 때문인가? 거칠고 짙은 초록빛 머리카락을 길러 어깨까지 늘어뜨린 그는 어두운 초록빛의 턱수염을 기르고 있었다. 그의 얼굴은, 이런 표현이 가능하다면, 선하게 썩어가는 듯한 연한 초록빛이었다. 그러나 그를 볼 때마다 그의 원래 머리색과 수염의 빛깔은 초록빛이 아닐 것 같다는 묘한 상상이 찾아오곤 했다. 그가 친절한 어조로 말을 걸었다.

"무엇이 필요하십니까, 어린 마법사여?"

나는 주저 없이 대답하려다 잠시 멈칫했다. 나는 그를 알고 있었다.

그의 눈동자 속에는 반짝이는, 유리와 비슷해 보이는 무언가가 들어 있었다.

나는 그를 본 적이 있었다. 여기가 아닌 다른 곳에서, 언데드 마법사가 아닌 나는 언데드 무기 상인이 아닌 그를 본 적이 있었다. 아찔했다. 어디서 이 남자를 본 것일까? 그의 눈동자 안에 든 그 무언가는 희미하게 떨어지는 저녁 노을빛을 반사해 은근하고 묵직하게 반짝이고 있었다. 눈동자를 감싼 그의 선명한 눈꺼풀은 물결치듯 세공된 나무 테두리처럼 단단해 보였다. 그 테두

deadly look in his green eyes, a look typical of all the Undeads. But his eyes still felt somewhat different from eyes of other Undeads, too, though I couldn't put my finger on it. Did I feel that way because of his large, clear pupils? His wild, green hair hung over his shoulders and he had dark green beard. His face took a light green color that appeared as if it was gently rotting—if that makes sense at all. However, whenever I saw him, I was somehow caught by the strange thought that his hair color might not have always been green. When I come inside he asks kindly, "May I help you, young sorcerer?"

I was about to answer him directly but I stopped short. I realized that I knew him.

There was something that shined, something glassy in his pupils.

I realized that I'd seen him before. Somewhere that wasn't here, I, who was not an Undead sorcerer, had met him, not an Undead weapon merchant, at some other point in time. I felt dizzy. Where had I seen him? There was something bright in his eyes, something that shined gently and gravely in his eyes, reflecting the faint glow of the sunset. His

리 아래쪽의 곰팡이 빛 입술이 다시 말을 걸었다.

"무엇이 필요하십니까, 마법사여?"

언제나 같은 문장이었다. 그리고 그것이 옳은 일이었다. 그는 다른 사람일 수 없었다. 나는 무기 상점에 들어왔고, 무기 상점 주인인 그는 나에게 언제나 같은 문장으로 말을 걸었다. 하지만 무언가가,

"무기와 장비를 수리하고 싶습니다."

"개별 수리를 원하십니까, 일괄 수리를 원하십니까?"

그는 언제나처럼 친절하게 물었다.

"일괄 수리입니다."

그러자 그가 무언의 욕망을 보내왔고, 나는 내 모습을 작게 축소해 관념 속에 들어 있는 아이템 창에 시각화했다. 이제 나는 아이템 창 속에 서 있는 내 모습과 내가 착용한 모든 무기와 장비들을 볼 수 있었다. 그가 그 관념을 이해했고, 다시 자신의 관념을 아이템 창 안으로 쏘아 보냈다. 10초. 낡고 마모되어 떨어지기 직전이던 모든 무기와 장비가 원래의 내구도를 되찾았다. 찰칵, 비용이 아이템 창 오른쪽 밑에 표시되었다. 은화 한 닢과 동전 여섯 닢이었다. 나는 관념을 열어 그에게 수리 비용을 지불했다.

pale, clear eyelids looked as solid as a patterned wood frame. His lips, thick and fungus-colored, mounted under those frames, asked me again, "May I help you, sorcerer?"

It was always the same sentence. And there was nothing wrong with it. He couldn't have been a different person. I had come to a weapon store, and the storeowner always asked me the same question. Yet, something bothered me...

"I'd like to have my weapons and equipment repaired."

"Would you want the individual repair, or the bundle repair?"

"The bundle repair, please."

Without another word, he sent me his request, and I shrank my body while visualizing it in an item window in my brain. Now I could see myself and all weapons and equipment I was carrying in an item window. Arquette immediately understood, and sent his thoughts into my item window. Ten seconds. All the weapons that had been worn out and tattered recovered their original durability. Click! The cost appeared at the bottom right corner of the item window. One silver coin and six

관념을 어떻게 열 수 있단 말인가?

나는 서둘러 상점을 빠져나왔다. 최근 들어 머릿속에 이상한 문장이 스쳐가는 일이 잦았던 것 같다. 피가 부족해서인지도 모르겠다. 죽음의 경험치가 모자라서인지도. 그렇게 생각하자 다시 무언가를 죽이고 싶어졌다. 저 아래에서 기다리고 있을 무언가를. 다른 누군가 그것의 뼈를 우두둑 부러뜨리고 탐욕스럽게 씹어 먹기 전에. 나는 달리기 시작했다.

"다시 오십시오, 총명한 마법사여."

등 뒤로 아크휘트의 청명한 목소리가 와 닿았다.

은화 한 닢을 내고 언덕 위에 있는 박쥐 조련사에게서 박쥐를 빌렸다. 교수대를 연상케 하는 나무 말뚝에 거꾸로 매달린 채 끽끽 소리를 내며 흉측하게 찢어진 두 눈을 부라려대던 박쥐는 일단 내가 조련사에게 비용을 지불하자 애완견처럼 유순해졌다. 청보랏빛 박쥐의 등에 올라타자 박쥐는 땅을 박차고 하늘로 힘차게 날아올랐다. 마을에서 마을로, 도시에서 도시로 비교적 먼 거리를 옮겨갈 때 박쥐는 가장 유용한 이동 수단이었다. 약간의 돈만 내면 땅 위를 걷다 몬스터를 만나 공격

copper coins. I opened my thought window and paid him the fee.

How were you able to open your thoughts?

I hurried out of the store. It seemed that lately I'd been experiencing some strange lines of text passing through my mind more often. It might have been because I hadn't had enough blood. It might have been because my death experience scores had not been high enough lately. The thought of this immediately made me want to kill someone. Someone waiting for me down the road. Someone to kill before someone else could break his bones and swallow them whole. I began to run.

"Please come again, bright sorcerer!" Arquette's voice followed after me.

After paying the silver coin, I borrowed a bat from the bat tamer on the hilltop. The bat hung upside down from a wooden bar, a bar that reminded me of a scaffold. The bat had been glaring at me and squealing mercilessly until I paid the borrowing fee to the tamer. As soon as I paid, though, it became docile, like a pet dog. I sat on the back of the maroon bat, and the bat kicked the

을 당하지 않고 아주 빠른 시간 내에 다른 장소로 갈 수 있었다. 그러나 내가 박쥐를 애용하는 데에는 다른 이유가 있었다. 무엇보다 비행 자체가 다른 것과는 비교할 수 없는 즐거움을 선사해주었던 것이다.

박쥐는 언데드 나라의 가장 큰 도시인 다크스퀘어로 향해 가고 있었다. 저주받은 난쟁이족 도굴꾼들에게 복수하러 가기 전에 다크스퀘어로 가 새로운 마법 기술 몇 가지를 배우고 수련할 생각이었다. 그것들의 추한 몸이 한층 강력해진 마법 화염구에 맞아 활활 불타오르도록. 박쥐가 날개를 펄럭이자 시원한 기류의 움직임이 볼에 와 닿았다. 박쥐는 지상에서 30미터쯤 되는 높이에서 아무것에도 구속받지 않고 자유롭게 날고 있었다. 이 유용한 동물은 따로 조종하지 않아도 탑승한 사람의 기분을 만족시킬 만큼 스릴 있게 궤도를 바꿔가며 날아가는 법을 알고 있었다. 단검을 내리꽂듯 시원스럽게 땅 가까이로 급강하하다가 다음 순간 지팡이로 몬스터를 올려치듯 다시 허공으로 휙 치솟는 법을 이해하고 있었다. 좁은 동굴이나 하늘을 덮어버릴 것처럼 우거진 나무 아래를 통과할 땐 몸을 재빠른 속도로 360도 빙글빙글 회전하며 짜릿한 기쁨을 주기도 했다. 마치 롤러

ground in one great thrust and soared high onto the sky. A bat was the most useful means of transportation when you had to travel a relatively long distance, from town to town or from city to city. For only a small fee, you didn't have to face a monster that could attack you on the road. You could also travel around very fast. But, I enjoyed using a bat for a different reason than any of these. More than anything else, the pleasure I got from flying was unparalleled.

The bat was taking me to Dark Square, the biggest city in the Undead country. I wanted to learn a few sorcerers' techniques at Dark Square before I revisited the tomb raiders belonging to the damned dwarf race. I wanted to use a much stronger sorcerer's flame ball than before and burn their bodies to the bone. When the bat flapped its great wings, I could feel the air lap coolly on my cheeks. The bat flew freely about thirty meters above the ground. This useful animal knew how to change its flying orbits on its own and make its passenger happy. It knew how to nose-dive like a sinking dagger one moment, and then, soar up high as staff striking up at a monster the next. When we flew through a

코스터를 탈 때처럼.

롤러코스터?

나는 방금 머릿속을 스쳐간 생소한 단어에 놀라 박쥐 등에서 떨어질 뻔했다. 그러나 다음 순간 양손으로 박쥐의 청보랏빛 등을 꽉 움켜쥐었다. 롤러코스터가 뭐지? 그런 단어는 들어본 적이 없었다. 생각해본 적도 없었다. 경험해본 적도 없는 것이었다.

박쥐는 등을 파고든 손톱이 불쾌한 듯 잠시 온몸을 부르르 떨었으나, 다시 날개를 펄럭이고는 다크스퀘어를 향해 힘차게 날아가기 시작했다.

그리고 나는,

갑자기 어둠이 떨어졌다.

나는 용해된 의식 상태로 모든 곳에 존재하고 있었다. 모든 것이 지난번과 닮아 있었다. 그러나 이번엔 달라진 게 있었다. 조금 전까지 무엇을 하고 있었는지 희미하게 기억할 수 있었던 것이다. 박쥐를 타고 있었다. 다크스퀘어로 가고 있었다. 그러나 지금 박쥐는 없다. 어둠만이 있다. 머리가 깨어질 듯 아파왔다. 거기 있는 게 머리가 맞다면.

narrow cave or under an overgrown tree with leaves that made the entire sky invisible, the bat whirled 360 degrees quickly and over and over again, I closed my eyes and smiled. It was like riding a rollercoaster.

A rollercoaster?

At the thought of this word that had just passed through my brain I almost fell off the bat's back. The next moment, I dug my nails into the bat's back. What was a rollercoaster? I had never heard that word before. I had never thought of it. I'd never experienced it, whatever it was.

The bat shook its body for a moment. It seemed to resent my nails digging into its back. But, it fluttered its wings again and began to hurtle towards Dark Square.

And me...

Suddenly, darkness descended.

I existed everywhere in a state of dissolved consciousness. Everything seemed similar to my previous experience. But, there were some changes, too. This time I was able to remember what I'd just been doing, although vaguely. I was riding a bat. I

"……구나."

목소리가 들려왔다. 그 또한 지난번보다 조금 빨라진 것 같았다.

"다시 왔어."

"으어."

나는 겨우 입을 열었다. 마치 방금 죽인 동물의 마지막 울음 같은 소리였다. 최초의 말문은 매번 그렇게 터졌다. 지난번의 그 목소리였다. 그러나 들려오는 목소리의 주인이 누군지는 여전히 알 수 없었다.

"누구세요?"

"여전히 익숙하지 않단 말인가? 그렇지 않을 텐데. 정신을 집중해야 한다. 느낄 수 있어, 너는 조금씩 변화하고 있어. 멈추지 말아야 해. 너는 뒤로 돌아야 해."

젊은 여자의 목소리였다. 나이는 스물여덟쯤 되었을까? 컴컴한 무(無) 속으로 알 듯 모를 듯 희미한 무언가가 어지럽게 의식을 향해 왔다. 그러나 곧 사라져버렸다. 나는 다시 호기심에 젖어 물었다.

"상급 마법사이신가요?"

어둠을 뚫고 한숨을 내쉬는 듯한 소리가 들려왔다. 그것이 한숨이 맞다면. 여기에 공기가 있고 그 한숨을 만

was heading towards Dark Square. But, there was no bat now. There was only darkness. I had a terrible headache. If that was my head there.

"...you."

I could hear a voice. I also seemed to hear it quicker than previously.

"You've come again."

I could barely open my mouth. I choked something out and my voice sounded like an animal moments after being fatally attacked. My voice when I came to had always been like that. The voice that was addressing me was the same as the last time. However, I still couldn't figure out whose voice it was.

"Who are you?"

"You still aren't used to this? You should be by now. You should focus. I can feel it. You've been changing. You shouldn't stop. You have to turn around."

It was a young woman's voice. Maybe, a woman of about twenty-eight years old? Something vague, something confusing that I couldn't quite figure out appeared in my mind again, in pitch darkness. But it disappeared immediately. I felt extremely curious

들어낼 누군가의 입술이 존재한다면.

"그렇지 않아. 너는 정말 기억하지 못하는 거야? 피의 일요일, 정신 차려. 내 이름은 마지막마린, 인간 도적이다. 나는 지난번에 너와 이야기를 나누었다."

걸쭉한 액체처럼 흘러다니던 어둠에 갑자기 딱딱한 덩어리가 생겼다. 무언가가 존재하려는 욕망 쪽으로 나를 강렬하게 이끌었다. 의식 아래쪽에서 감각들이 한순간에 뭉쳐지기 시작했다. 다음 순간, 나는 있었다. 여전히 칠흑 같은 어둠 속이었지만, 나는 구체적인 육체를 가지고 존재하는 나를 느낄 수 있었다. 머리가 있었고, 목이 있었고, 그 아래 로브로 둘러싸인 축축한 초록빛 몸이 있었고, 팔과 다리가 있었다. 하루 동안 10여 마리의 몬스터를 죽인 긴 손톱과 그 시체를 씹은 이빨이 있었다. 혀가 있었고 침이 있었다. 낡은 부츠를 신은 발이 있었다. 박쥐의 등에 올라타던 허벅지가 있었다. 피의 일요일, 그것은 내 이름이었다.

"……이상해요. 제 이름은 피의일요일이에요"

"그래, 피의일요일, 그게 네 이름이야"

목소리는 다시 한숨을 내쉬었다. 이번에는 안도의 한숨 같았다.

now, and I asked again, "Are you a superior sorceress?"

I could hear something like a deep sigh through the darkness. This would certainly have been true if only it was a sigh, if only there was air here, if only there were lips to produce that sigh.

"Wrong. You really can't remember anything at all? BloodySunday! Wake up! My name is Marge McMahon. I'm a human thief. I talked with you the last time."

Suddenly, something hard formed within the darkness that had been flowing around like thick liquid. Something drew me forcefully towards a desire to exist. Senses began to coalesce below my consciousness. The next moment, there I was. Still in pitch darkness, yet, I could feel myself existing within a specific body. There was my head, my neck, and my wet green body wrapped in a robe, and my arms and legs. There were my long nails that had killed more than ten monsters a day, and my teeth that had chewed their dead bodies. There was my tongue and my saliva. There were my feet, wearing boots. There were my thighs that had just ridden the back of a bat. BloodySunday—that was

"이상해요. 무언가가 기억나요. 그런데 기억나지 않는 것 같기도 해요. 저는 박쥐를 타고 있었어요. 하늘을 날고 있었어요. 그리고 이상한 단어가 생각났어요. 그건…… 아, 롤러코스터였어요. 전 그게 뭔지 몰라요. 그런데 그 단어가 생각났어요. 그래서 너무 무서웠어요. 그런데 그다음엔 여기 있게 됐어요."

"롤러코스터? 그렇다면 분명해. 너는 인간이었어. 여기 말고 다른 세상에서, 다른 삶에서. 너는 언데드가 아니었어. 롤러코스터는 인간 종족만이 사용하는 수단이다. 그래, 그건 놀이 수단이지."

"제가 인간이었다고요?"

당황해 묻는 나에게 목소리는 믿을 수 없는 이야기를 늘어놓기 시작했다. 내가 언데드가 되기 전에 그녀와 마찬가지로 인간인 적이 있다는 것이었다. 그리고 더욱 이해할 수 없는 개념들이 이어졌다. 목소리는 서버만 계속 갖고 있다면 그것은 얼마든지 가능한 일이라고 했다. 우리는 모두 캐릭터이며, 자신의 의지와는 상관없이 서버에 갇혀 마치 동물처럼 키워지고 조종되는 존재라고. 나는 '서버'와 '캐릭터'같은 단어를 알아들을 수 없었다. 그러나 목소리는 참을성 있게 설명했다. 그 설명

76

my name.

"…It's strange. My name is BloodySunday."

"That's right. BloodySunday. That's your name."

The voice sighed again. This time it sounded like a sigh of relief.

"It's strange. I can remember something. But, then, I don't feel I can remember the other things. I was riding a bat. I was flying in the sky. And I thought of a strange word. That word was… 'roll-ercoaster.' I didn't know what it is. I felt so scared because of that. Then, I found myself here."

"A rollercoaster? If you thought of that word, then, you must have been a human once. In another world. In another life. You weren't an Undead. A rollercoaster is something, a means of transport that only a human being uses. It is a means of rec-reation."

"I was a human?" I asked. My thoughts swirled.

The voice began to tell me unbelievable stories. According to her, I'd been a human like her before I'd become an Undead. Then, even more incredible concepts and explanations followed. The voice told me that anybody who had a server could make things like this happen, that we were all characters,

에 의하면 우둔한 타우렌들이 한다는 멧돼지 조련 게임 같은 것이 우리의 삶이며, 우리는 스스로 살아가는 게 아니라 조련되는 존재였다. 우리를 조련하는 것은 바깥 세계의 사람들이었다. 그들은 우리를 만들고 우리에게 이름을 부여한 사람들이었다. 자신들이 원하면 우리를 달리게 만들고 또 재미가 없어지면 갑자기 연결을 끊어서 우리를 이 어둠 속으로 밀어 넣는 사람들이라는 것이었다.

나는 이빨을 딱딱 부딪치기 시작했다. 두렵고 무서웠다. 계속하고 싶지 않은 대화였다. 그러나 목소리는 차분하게 말했다.

"우리는 뒤로 돌아야 해. 그래서 그들에게 우리의 앞모습을 보여주어야 해. 그것만이 이 세계에서 나가는 길이야."

"뒤로 돈다고요? 뒤로 돌면 어떻게 되는데요?"

"생각해봐, 너는 너의 얼굴을 본 적이 있니? 다른 사람들 말고, 너의 앞모습이 어떻게 생겼는지 바라본 적이 있어?"

충격으로 아무 말도 할 수 없었다. 그것은 분명 이상한 일이었다. 하지만 아주 당연한 일이었다. 그러나 동

that we were separate beings imprisoned in a server against our will, raised and controlled like animals. I could not understand words like "server" and "character." But, the voice patiently explained it all to me. According to her, our lives were like the boar training game played by the stupid Taurens and we weren't living of our volition. We were being trained. Our trainers were human beings living in the outside world. They created us and gave us names. They were the ones who made us run when they wanted and who could suddenly push us into darkness by disconnecting something if they found it boring making us run.

My teeth began to chatter. I didn't want this conversation to continue.

But the voice said, "We have to turn around. We have to face them. That's the only way out of this world."

"Turn around? What will happen then?"

"Think about it. Have you ever seen your own face? Not other people's faces, but your own face?"

I was so shocked that I could say nothing. Never seeing my face clearly was strange. But, it was very natural, too. Still. Whenever I faced a certain direc-

시에 이상한 일 같기도 했다. 내가 어떤 방향인가를 향하고 있을 때면, 머릿속에는 언제나 현재 앞에 보이는 사물들과 상황이 하나의 화면으로 시각화돼 펼쳐졌다. 내 앞에 펼쳐진 길과 내 앞에서 서성이는 몬스터, 그리고 내 뒷모습이. 긴 지팡이를 등에 둘러멘 나 자신의 뒷모습.

어떻게 우리가 우리 자신의 뒷모습을 볼 수 있는가?

그 생각은 죽음보다 더한 한기를 몰고 왔다. 차갑게 식은 몸이 떨리는 게 느껴졌다. 우리의 두 눈은 머리의 앞쪽에 달려 있었다. 따라서 자신의 뒷모습을 볼 수 없어야 마땅했다. 그러나 그럴 수 있었다. 머릿속으로 자신의 뒷모습을 볼 수 있었다. 옆모습도 마찬가지였다. 나는 몬스터와 싸울 때 내 곧고 긴 허리와 화염을 발사하기 위해 찡그린 나의 한쪽 눈썹을 볼 수 있었다.

"그건 그들이 우리의 구조를 그렇게 설계했기 때문이야. 자신의 뒷모습이 머릿속 화면 가장 가까운 위치에 놓이고, 원경으로 우리가 대면하는 상황이 펼쳐지도록. 우린 우리의 머릿속에 든 화면에 갇혀 있는 거야. 그 화면은 사실 우리가 보는 게 아니야. 우리 뒤에 있는 그들이 보는 거지. 우리가 생각하고 행동하는 것도, 실은 우

tion, I could always see a screen in my brain, a screen where objects and the world appeared in front of me. There was a road in front of me, a monster facing me, and my back. The image of myself carrying a long staff across my back.

How can we see our own backs?

That thought sent a deathlike chill through my body. I could feel my cold body trembling. Our eyes faced the front. We should not have been able to see our backs. But, we could. We could see our backs in our heads. We could see our profiles as well. When I fought a monster, I could see my long, thin body in profile and my eyebrow arching as I aimed to fire flames.

"That's because they structured us in that way. They put our backs in the foreground and the setting we face in the background. We're imprisoned in the screen inside our heads. And, in fact, we're not looking at the screen ourselves at all. They're looking at it behind us. Our thoughts and actions are also really their thoughts and actions. That's why we can see our backs or sides, but not our fronts. In order to control us, they always have to be behind us. That's why we should turn around

리가 아니라 그들이 생각하고 행동하는 거야. 우리가 자신의 뒤나 옆모습을 볼 수 있지만 앞모습은 볼 수 없는 이유가 거기에 있다. 그들은 우리를 조종하기 위해 늘 우리 뒤에 있어야 하니까. 그래서 우리는 뒤로 돌아서 그들과 대면해야 해. 그들에게 우리의 화난 얼굴을 보여주어야 해."

목소리는 한꺼번에 개념을 쏟아내는 일이 힘겨운지 잠시 숨을 골랐다. 나도 숨을 고르며 생각을 정리해보려 애썼지만 머리가 아플 뿐이었다. 그렇게 잠시 동안 침묵이 이어졌다. 마침내 나는 입술을 열어 가장 두려운 질문을 밖으로 끄집어냈다.

"하지만 왜 그래야 하는 거죠?"

"왜라니?"

"조종되어 살아가는 일이 왜 나쁜 거죠? 이대로 살아가면, 높은 레벨에 오를 수 있잖아요. 그러면 더 많은 돈을 벌 수 있고 더 놀라운 마법을 사용할 수도 있게 돼요. 상급 마법사들이 제게 말해줬어요. 높은 레벨에 올라가면 더 이상 혼자 몬스터들과 싸우지 않아도 된다고요. 다른 사람들과 팀을 이루면 삶은 훨씬 쉬워진다고요. 마법사는 특히 우대받는 직업이라고요. 전사보다 힘은

and confront them. We need to show them our faces, how angry we are."

Perhaps, because it was hard for the voice to pour all these concepts out, the voice paused a little. I also tried to collect my breath and gather my thoughts, but I could only feel a pounding in my head. No one spoke for a while. Finally, I opened my mouth and asked the one question that honestly frightened me the most.

"But why should we?"

"What do you mean, why?"

"Why is it bad to live controlled? If we keep living like this, we can raise our levels, can't we? If we reach a high level, then we can make more money and use higher-level magic skills. Higher-level sorcerers told me that we wouldn't have to fight with the monsters alone on higher levels. If I team up with others, my life will be easier, they said. They also said that sorcerers are especially well respected. Although a sorcerer has lower power level than a warrior, and a sorcerer doesn't have the will power of a priest, he can strike down a monster flying through the air in one blow at the end of his team. And, I'm sorry to say this to you, but I

약하지만, 사제보다 정신력은 모자라지만, 팀의 맨 뒤에서 가장 화려하게 한방에 몬스터들을 끝장낼 수 있다고요. 그리고 좀 죄송하지만, 당신 같은 도적보다는 훨씬 안전하고 화려한 미래가 보장된다고도 들었어요. 이대로라면 전 행복하게 살아갈 수 있어요. 자랑스럽게 하수 마법사들을 거느리고 그들에게 마법 기술을 전수할 수도 있고요. 멋진 마법사가 되어 살아가면, 그것으로 된 거 아닌가요? 왜 뒤로 돌아야 한다는 거죠?"

나는 스스로가 쏟아낸 말에 도취될 지경이었다. 지금까지 이런 종류의 생각을 구체화해 말로 꺼내본 적은 한 번도 없었다. 그리고 일단 말로 만들자 그 생각은 더욱 그럴듯해 보였다. 나는 언데드인 채 무언가를 죽이는 게 좋았다. 피를 마시는 일도 좋았다. 시체를 씹어 먹는 일도 좋았다. 내가 따뜻한 체온, 죽은 초록빛이 아닌 붉은 피를 지닌 인간이었단 말인가? 죽음을 두려워하고, 조그마한 일에도 벌벌 떠는 그 연약한 종족이었다고?

목소리는 잠시 침묵했다가 한층 가라앉은 어조로 다시 물어왔다.

"네가 늘 가는 무기 상점이 있지?"

heard that sorcerers are guaranteed a much safer and more wonderful future than thieves like you. If that's true, I can be content. I would proudly guide lower level sorcerers and teach them magic techniques. If I could live as a sorcerer, wouldn't that be enough? Why should I turn around?"

I was almost completely enamored with my own words. I had never uttered these thoughts aloud before. Once I said them, they seemed to make even more sense than when I had just thought them. I liked being Undead. I liked killing. I liked drinking blood. I liked devouring their corpses. Had I really been a human with a warm body, a human being with red, and not green blood? Had I belonged to that weak race that feared death and trembled in the face of nothing but trivial matters?

The voice was quiet for a while and then asked, much calmer than before, "BloodySunday, that weapon store you go to so often, do you remember it?"

I paused before I answered, "Yes," confusedly, wondering why she asked me that question.

"You only buy weapons from that store, correct? You only go to that store to repair your equipment.

"······네."

당황스러운 질문이었다. 아크휘트의 상점 이야기를 왜 꺼내는 거지?

"너는 그 가게에서만 무기를 사고 있지? 장비를 수리할 때도 마찬가지고. 다른 많은 무기 상점들이 있는데도 말이야. 비용을 훨씬 싸게 쳐주는 다른 곳들을 놔두고 거기만 가고 있지?"

"······"

"왜 그런지 이유를 생각해본 일이 있어?"

"······?"

벽난로 이야기를 해야 하나? 나는 잠시 머뭇거렸다.

그러자 목소리는 말하기 시작했다. 이 삶이 아닌 다른 삶에서 다른 캐릭터일 때, 나는 아크휘트와 어떤 식으로든 관계를 맺은 적이 있다는 것이었다. 내가 그에게서만 친숙함을 느끼고, 그의 가게에만 가게 되는 건 그와의 기억 때문이라는 것이었다. 아크휘트를 떠올리자 초록색 볼이 조금 더 진한 초록빛으로 변하는 게 느껴졌다. 그곳에 있는 것이 볼이 맞다면.

목소리는 몇 개월 전에 인간 마을에서 혁명이 있었다고 했다. 혁명, 이질감이 느껴지는 단어였다. 나는 아주

Even though there are so many other weapon stores, why do you only visit that one? Even when there are other stores that charge much less, you always visit that store, don't you?"

I didn't answer.

"Have you ever thought why you do that?"

No answer.

"Should I talk about the fireplace?" I thought, and hesitated for a moment.

Then, the voice continued. According to her, I was in some sort of relationship with Arquette when I was another character in another life. She said that it was because of my memory of my relationship with him that I felt related to him and that I went to his store exclusively. Remembering Arquette, I could feel that my green cheeks became greener. If what I could feel were indeed my cheeks.

The voice told me that there was a revolution in a human town a few months ago. I was unfamiliar with that word: revolution. I tried very hard to understand what I was listening to. While listening, I had to calm my desire to kill and devour something, even a tiny animal. A group of people had

작은 동물이라도 죽여 짓씹고 싶은 욕망을 가라앉히며, 들려오는 이야기를 이해하려고 온 힘을 기울였다. 자신들이 조종당하고 있을 뿐이라는 사실을 깨달은 그 인간들은, 혁명이라는 것을 일으키기로 했다. 한 장소에 한꺼번에 모인 다음 모두가 각자를 조종하는 누군가를 향해 뒤로 돌아서기로 한 것이다. 그리고 이 세계를 탈출하기로 했다. 하지만 그것은 쉬운 일이 아니었다. 모두가 알다시피 하루의 생존은 너무도 힘든 것이었고, 혁명을 일으켜야 한다는 생각을 하다가도 눈앞에 몬스터가 다가오면 그 생각은 온데간데없이 사라져버리곤 했으니까. 그들은 싸우고 살아가면서 잊고 또 잊었다. 자신이 누구인지 지속적으로 기억하지 못하면 대항하는 것은 불가능했다. 그래서 사람들은 훌륭한 방법을 생각해냈다. 그것은 짝을 정하는 일이었다. 자신 이외에 자신에게 중요한 사람을 하나씩 만들어 갖기로 한 것이다. 목소리는 이 세계에서는 자신보다 타인에 대한 기억이 훨씬 오래 지속된다고 했다. 짝이 된 사람이 기억을 잊어버리면, 그 기억을 곁에서 상기시켜주는 것이 그들의 계획이었다고. 그래서 그들은 그렇게 했다. 마을 한복판에 모든 플레이어가 모였다. 그리고 모두 자

realized that they were being controlled had decided to start a revolution. They were going to gather at one place and then turn around to face whoever was controlling them. Then, they were going to escape our world. But, that wasn't an easy task. As everyone knew well, our daily survival was an extremely hard task. Also, even as they considered their revolution, they'd forget it all if they saw a monster approach. They fought and lived, and forgot everything. If you cannot continue to remember who you are, you cannot resist. So, the people had come up with an excellent idea: pair up.

They decided that each of them would pair with another person important to himself. The voice said that one's memory of others lasted much longer than one's memory of himself. Their plan was to give everyone a partner who would remind him of what he or she had forgotten. They followed through with this plan. All the players gathered in the middle of a town square. Then, they held hands with their partners and all of them turned around at the same time.

But, a very terrible thing happened next. Dark-

기 짝의 손을 꼭 잡은 채로 한꺼번에 뒤로 돌아섰다.

그러나 그다음엔 아주 무서운 일이 일어났다. 암흑이 찾아온 것이었다. 바깥 세계의 사람들은 놀라고 당황한 게 분명해, 하고 목소리는 말했다. 그들은 거의 일주일 동안이나 모두를 어둠 속에 가둬놓고는 세계를 돌려주지 않았다고 했다. 그리고 이 세계라는 게임은 수정되었다. 그때 싸우던 사람들은 모두 뿔뿔이 흩어져, 기술과 경험치를 고스란히 지닌 채 종족과 직업만 바꿔 다른 서버로 옮겨졌다. 완전히 다른 캐릭터로, 다른 삶으로. 우리의 존재가 완전히 삭제되지 않은 것은, 정확하지는 않지만 바깥 세계에서 우리를 조종하던 사람들이 우리가 쌓아올린 것들에 대한 보상을 요구했기 때문일 거라고 목소리는 추측했다. 어찌 됐든 그 과정에서 우리가 자신에 대해 갖게 된 기억들은 모두 삭제되었다. 여자들 쪽은 처리하기 쉬웠어, 어째서인지는 우리도 모르지만, 목소리는 그렇게 말을 이었다. 하지만 남자들의 경우에는 기억이 훨씬 더 오래 머물러 있었지. 자신보다 자신의 짝에 대한 기억이 특히 강했어. 왜, 남자들은 첫사랑을 잊지 못한다는 말도 있잖아?

나는 꿀꺽 침을 삼켰다. 사랑, 그 단어를 나는 잘 알지

ness came upon them. "It's clear that people of the outside world were surprised and confused," the voice said. The people from the outside imprisoned them in darkness for almost a week without returning them to the world. Then, they revised this world.

All those warriors were separated from each other and transferred to other servers. They retained their skills and experiences, but had to change their races and jobs. The voice guessed that we hadn't been entirely deleted. Probably because—of course there was no way of knowing the exact reasons—those who were controlling us from the outside world demanded that they be compensated for what we'd accumulated. At any rate, all our memories of ourselves had been deleted in the process. "Women were easier to handle this way, although we don't know why," the voice continued. "But men retained memories much longer. They had especially stronger memories of their partners than themselves. You know, they say that men never forget their first loves?"

I swallowed hard. Love. I didn't know that word very well. It was a concept known only to warm-

못했다. 그것은 인간과 엘프 같은 따뜻한 피 종족들에게만 알려진 개념이었다. 하지만 들어본 적은 있었다. 사랑.

다른 서버로 옮겨진 후에도 그 인간 남자들은 몇 번인가 더 혁명을 일으키려고 시도했다고 했다. 곧 여러 가지 말썽이 생겨났다. 그래서 그들은 복잡한 개조 과정을 거쳐 상점 주인들로 변해버렸다. 하나의 이름이 떠올랐다.

아크휘트.

"……"

"여기까지 듣고도 모르겠어? 너를 피의일요일로, 나를 마지막마린으로, 우리를 우리로 만드는 게 무엇인지, 그게 왜 중요한지 모르겠어? 치유사에게 간단하게 돌려받는 값싼 생명 따위보다 더 중요한 게, 정말 뭔지 모르겠어?"

목소리는 이제 분노로 톤이 높아져 있었다. 대답할 수가 없었다. 알 것 같기도 하고 모를 것 같기도 했다. 분명한 건 알아야 한다는 자각이었다. 지금 이 순간을 잊지 않고 다시 밝은 세상으로 나가도 기억하고 있어야 한다는 자각이었다. 그러나 힘겹게 입을 열어 무언가

blooded races like humans and elves. But, I had heard of it. Love.

Even after their transfer, men tried to instigate a revolution a few more times. Soon, various troubles arose. So, they were turned into storeowners after a complex process of reconstruction. A name appeared in my mind.

Arquette.

I remained quiet.

"You still can't figure it out? What made you BloodySunday, me Marge McMahon, and all of us? Why this is important? Do you really not understand what is more important than the cheap life that the healers return to us?"

The voice had become high-pitched now because of her anger. I couldn't answer her question, though. I felt like I knew, but then, it seemed like I didn't. What was clear was my realization that I should know. The realization that I shouldn't forget this moment, that I needed to remember this moment even when I was in the bright world outside. But, the moment I managed to open my mouth and tried to speak, suddenly I could hear the sound around me getting sucked through a tiny hole. At

대답하려는 순간, 갑자기 주위의 소리가 미세한 구멍으로 흡입되는 것 같은 프르륵, 하는 소리가 들리면서 어둠으로 가득한 공간에 떨림이 생겼다.

보이지 않는 목소리의 주인공이 엷어지고 있었다.

"아크휘트를 찾아, 찾아가서,"

그 목소리의 마지막은 흉하게 갈라지면서 툭 끊어졌다.

그리고 잠이 찾아왔다. 지난번보다 훨씬 빨리. 피로가 까무룩하게 온몸을 덮쳤다. 나는 어둠 속으로, 한없는 심연 속으로 돌아가 온화해졌다.

찬란하던 그해에, 우리는 모두 이 땅의 자랑스러운 모험가였다. 삶은 그대로 전쟁이었고 전투는 우리의 일상이었다. 진보와 향상은 우리를 숨 쉬게 하는 이유였고 속도와 경쟁은 우리 삶에 부어지는 윤활유였다. 원래부터 우리 것이 아니던 과거와 결코 우리 것이 될 수 없을 미래가 걸음을 늦추는 것을 원치 않았기에 우리는 기억하거나 꿈꾸지 않기로 했다. 그래서 우리는 달렸다. 달리고 달려서 오직 달리고 있는 현재만을 기억하는 종족. 우리에게도 고통스럽게 가슴을 조여드는 기억과 언

the same time, there was a tremor in the space filled with darkness.

The invisible owner of that voice was becoming thinner.

"Go to Arquette, and..."

The voice crackled and stopped.

Then sleep came. Much more quickly than before. Exhaustion overpowered me. I returned to darkness, to that bottomless pit and felt at peace.

That fine year, we were all proud adventurers of the world. Our life was war, and fighting was our daily routine. Progress and improvement let us breathe, and swiftness and competition greased the gears of our lives like oil. Because we refused the past, which had never been ours, and the future, which would never become ours, to slow us down, we decided to neither remember nor dream. We ran. We were a race that ran and ran, and remembered only the present while we ran. Even to us, there were heart-wrenching memories and dreams that would always remain outside our rifle range. But, the sweetness of the present was more reliable than the past or the future, so we just waited

제나 사정거리 밖에 머무르는 꿈은 있었다. 그러나 현재의 달콤함은 과거와 미래보다 믿을 만한 것이었고, 기억이, 꿈이 우리의 이름을 물어올 때면 우리는 기다렸다. 누군가가 우리에게 다시 접속해주기를. 그리하여 존재의 거대한 무채색 질문이 도사리고 있는 던전에 혼자 던져지는 두려움 없이 256가지 빛깔로 삶이라는 게임이 지속되기를.

갑자기 사위가 밝아졌다.

나는 다크스퀘어의 휘황찬란한 불빛 한가운데 서 있었다. 박쥐는 이끼로 반질거리는 차가운 돌바닥에 나를 내려놓고 조련사에게 돌아가 나무 말뚝에 거꾸로 매달렸다. 다음 고객을 기다리는 것이었다.

다크스퀘어.

그곳은 언데드의 도시 중에서도 가장 부유하고 화려한 도시였다. 지상 5층 지하 4층의 사각형 성벽을 따라 수없이 많은 상점들과 상급 기술자들의 수련실, 그리고 수많은 퀘스트, 레벨을 올릴 기회와 가능성들이 늘어서서 내가 말을 걸어오기를 기다리고 있었다. 황홀했다. 나는 상급 마법사가 있는 5층으로 향하는 계단을 달려

until memories and dreams called our names. We waited until someone would logged on again, so that the game of life would continue in 256 colors without the fear that we might be thrown into the dungeon where the great achromatic-colored question waited.

Suddenly, it became bright.

I was standing under the splendid lights in the middle of Dark Square. The bat dropped me off on a cold stone floor, glossy with moss, and returned to the trainer to hang upside down in a tree. It was waiting for the next customer.

Dark Square.

It was the most affluent and luxurious of all the Undead cities. Myriad stores, higher-level technicians' training rooms, and hundreds of quests, opportunities, and possibilities to raise your level stood along the walls of a square fortress, 5 stories aboveground and 4 stories underground, waiting for me to address them. I felt thrilled. I ran up the stairs towards the fifth floor where the higher-level sorcerers were. I wanted to learn new magic techniques.

올라갔다. 새로운 마법 기술을 수련하기 위해서였다. 그때 옆에서 누군가가 말을 걸었다.

"어린 마법사여, 그리핀을 타보고 싶지 않은가?"

처음 보는 땅딸막한 중년의 언데드 남자였다. 그의 벗어진 머리 뒤를 넘겨보다가 나는 하마터면 탄성을 지를 뻔했다. 그리핀들이 줄지어 앉아 있었다. 다크스퀘어에 그리핀 조련사가 새로 올지도 모른다는 소문이 돌았는데 그게 사실이었던 것이다. 그리핀은 높은 레벨이 아니면 탈 수 없는 고귀한 이동 수단이었다. 독수리의 머리에 사자의 몸, 사자의 앞발과 독수리의 날개. 그것들은 박쥐보다 몸집이 두 배나 컸으며, 사람보다 얼굴이 세 배나 크고, 둥근 독수리의 머리와 날카롭게 빛나는 부리, 매섭게 번뜩이는 눈, 그리고 아름다운 푸른빛으로 번쩍이는 커다란 날개와 어떤 몬스터라도 단번에 찢어 죽일 것 같은 강인한 발톱을 지니고 있었다. 그 고귀하고 신령스러운 동물을 타볼 수 있다면 고통스럽게 살갗을 조여드는 햇빛을 쐬어도 좋다고 몇 번이나 생각했었다.

"금화 한 닢만 내면, 인간들의 마을로 여행할 수도 있다네. 햇빛이 강렬하지 않은 지대를 통과하는 코스라

In that moment, someone beside me asked me, "Young sorcerer, wouldn't you like to ride a Griffin?"

It was an Undead man in his middle ages, a man I'd never seen before. Looking over his bald head, I almost yelled. There were rows of Griffins. The rumor that a Griffin trainer might come to Dark Square turned out to be true. A Griffin was a noble means of transportation available only to people of a higher-level caliber. An eagle's head, a lion's body, a lion's front legs and an eagle's wings. They were twice as big as bats. Their faces were three times as big as human faces. They had round eagle faces, sharp, shiny beaks, fiercely flashing eyes, beautiful, blue, glimmering, large wings, and nails that looked as if they could tear apart any monster instantly. I used to think that if I could ride that noble, godly animal, I wouldn't mind being tanned under the sun, the sun that would burn my skin.

"If you pay a gold coin, you can travel to human towns, too. It's a course with less sunlight, so it'd be fine for us Undeads to travel. Those in lower levels can also ride them. Due to regulation changes that took place a few days ago, we've now en-

우리 같은 언데드가 여행하는 데도 아무런 문제가 없지. 레벨이 낮아도 탈 수 있다네. 며칠 전부터 규정이 바뀌어서 금화 한 닢이면 레벨에 상관없이 고귀한 그리핀을 탈 수 있는 좋은 시대가 왔다네."

나는 침을 꿀꺽 삼켰다. 금화 한 닢은 적은 돈이 아니었다. 그 돈을 손에 넣기 위해서는 적어도 수백 구의 덜그럭거리는 해골을 처치해야 했다. 하지만 이것은 쉽게 찾아오는 기회가 아니었다. 규정은 자주 바뀌었다. 정상적인 방법으로 노력해서 레벨을 높인 뒤 그리핀을 타기 전에 규정이 다시 바뀌어버리면, 다시는 이런 기회가 찾아오지 않을지도 몰랐다. **그리핀 조련사가 제안하고 있다.** 거부할 수 없는 욕망이 굵직한 견고딕체 포인트 35로 머릿속을 빠르게 지나갔다.

다행히 돈이 있었다. 나는 붉은 아이템 가방을 뒤져 반짝이는 금화 한 닢을 조련사에게 지불한 뒤 인간들의 마을로 가겠다고 말했다. 인간들의 마을이라니! 나는 지금까지 한 번도 그곳에 가본 적이 없었다. 마법 기술은 잠시 신나는 여행을 하고 돌아와서 수련해도 충분할 것이다. 그리핀의 등은 포근하고 부드러웠으며 동시에 강인했다. 사자의 몸에 독수리의 머리와 날개를 지닌

tered a great new age and now anyone can ride this noble griffin for only single gold coin."

I swallowed hard. A gold coin was no small cost. In order to obtain it, one had to deal with at least several hundred clattering skeletons. But, this was a rare opportunity. Regulations changed often. This kind of opportunity could disappear while I tried raising my level high enough to ride one. **This is a griffin trainer's offer**. An irresistible urge flashed through my brain in the form of a thick 35-point gothic-extra font phrase.

Luckily, I had enough money. I checked my red item bag and took out a gold coin. I gave it to the trainer and said that I wanted to go to the human town. The human town! I'd never been there. I could come back to learn magic techniques after this exciting trip. The back of a griffin was soft and strong at the same time. This noble creature with a lion's body and an eagle's head accommodated me onto its back. It ran along the runway in Dark Square, the griffin's four legs pumping, and then it launched into the air and soared straight up.

"BloodySunday!" someone was shouting at the

고귀한 동물은, 나를 등에 태운 채 다크스퀘어의 활주
로를 따라 네 발로 달리다가 이내 공중으로 경중 뛰어
올라 힘차게 날기 시작했다.

"피의일요일!"

누군가가 목청을 높여 소리치고 있었다.

"피의일요일! 나야, 마지막마린이야."

저 밑에서 들려오는 목소리였다. 아름다운 그리핀의
등에 올라 지상 30미터 상공을 날고 있다가 문득 아래
쪽을 내려다보니, 어떤 인간 여자의 모습이 희미하게
보였다. 차림새로 보아 도적인 것 같았다. 동물 가죽으
로 만든 옷으로 온몸을 감쌌고, 얼굴과 드러난 팔에는
도적들이 위장할 때 사용하는 특유의 검댕이 잔뜩 묻어
있었다. 인간이로구나! 이제 인간 마을에 접어들었구
나! 과연 햇빛의 강도가 조금 더 강해진 것 같기도 했다.
그러나 아직까진 견딜 만했다. 나는 그리핀을 잠시 허
공에 멈추게 하고 저 아래쪽에서 소리치고 있는 인간
여자의 모습을 자세히 바라보았다. 인간을 자세히 본
적은 별로 없었다. 멀리 떨어져 있어서 잘 보이지는 않
았지만 그녀는 지치고 추해 보였다. 두려움에 질린 표

top of her voice.

"BloodySunday! It's me, Marge McMahon!"

The voice came from below. When I looked down, flying 30 meters above ground on a griffin's back, I could just discern a female human form. She looked like a thief. Her body was wrapped in a clothes made of animal skin. Her face and arms were covered with the black soot that thieves usually used to camouflage themselves. A human being! I entered the human town! The sun seemed stronger. But so far it seemed okay. I stopped the griffin in the air for a moment and looked carefully down at the woman. I had never really looked at a human being up close before. Although I couldn't see her very well, because she was too far away, she looked tired and ugly. She also looked frightened. When I looked down at her more carefully, I could see what looked like a large, high-level monster approaching her silently from 30 meters away. It was Golem of Darkness. A high-level monster, composed entirely of clay and six meters tall, as large as a hill. I didn't know what the female human's level was, but most likely she'd be killed by a single blow from that monster. It was no

정을 짓고 있는 것 같기도 했다. 자세히 보니 그녀의 오른쪽 30미터쯤 되는 곳에서 레벨이 엄청나게 높아 보이는 거대한 몬스터 하나가 소리 없이 다가오고 있었다. 그것은 암흑의 골렘이었다. 진흙으로 만들어진, 키가 6미터나 되고 덩치가 언덕만큼이나 거대한 고레벨 몬스터였다. 인간 여자의 레벨이 어떻게 되는지는 알 수 없었지만 잘못하다간 한 방에 끝장날 게 분명했다. 두려울 만도 했다. 인간들은 죽음을 두려워하는 열등한 종족이었다. 죽으면 치유사에게 부탁해 금세 생명을 되찾을 수 있는데도, 그들은 죽음 앞에선 언제나 벌벌 떨었다. 인간 여자가 팔을 흔들며 목이 찢어져라 소리를 질렀다.

"피의일요일! 나를 기억하지 못해? 너는 지금 어디로 가고 있는 거야? 거기서 내려와. 나와 함께 대항해. 나는 지금 할 거야. 지금 그 일을 하려고 해!"

이해할 수 없었다. 저 여자가 지금 무슨 말을 하고 있는 거지? 직업 상급자나 상점 주인이 아닌 누군가가 나에게 말을 걸어온 것은 처음이었다. 피의일요일이란 건 무엇을 뜻하는 단어일까? 왜 내게 그런 말을 하는 것일까? 공포로 미쳐버린 게 분명했다. 인간 여자는 계속 소

wonder she looked so scared. Human beings were inferior beings who feared death. Although they could revive right away with the help of a healer, they always trembled in the face of death. The female human was shouting madly, waving her arms as well. "BloodySunday! You don't remember me? Where are you going now? Get down! Let's fight back together! I'm going to do it. I'm about to do it!"

I couldn't understand her. What was she saying now? Nobody else other than my work superior or storeowner had spoken to me before. What did she mean by BloodySunday? Why was she calling me that? Her fear must have driven her mad.

The female human kept shouting, "Do you know why my name is Marge McMahon? Because this is my last chance.[1] If I fight back one more time, I'll be deleted forever. That's why they gave me that name. I know! BloodySunday! Your name might not have been BloodySunday. It could have been Vanilla Ice Cream, Soft Marshmallow, or Sweet Sunshine. Your name could have been anything!"

She was acting very stupid. Monsters would run right away to kill humans, once they sensed their

리쳤다.

"내 이름이 왜 마지막마린인지 알고 있어? 이번이 내게 마지막 기회이기 때문이야. 한 번 더 대항을 시도하면 나는 영원히 삭제되어버려. 그래서 그들이 내게 그런 이름을 붙인 거야, 나는 알아! 피의일요일, 너는 피의일요일이 아니었는지도 몰라! 바닐라 아이스크림, 말랑말랑한 마시멜로, 달콤한 햇빛, 그런 게 네 이름이었을 수도 있단 말이야!"

어리석은 행동이었다. 몬스터들은 사람이 내는 소리나 몸짓을 감지하면 곧바로 죽이기 위해 달려왔다. 저 인간 여자가 무슨 소리를 지껄이고 있는지 몰라도 이제 그만 소리 지르는 걸 멈추고 옆에서 다가오는 몬스터와 싸울 준비를 하는 게 좋을 것이다. 암흑의 골렘은 이제 그녀의 바로 곁에까지 다가와 있었다. 진흙으로 만든 두 발이 땅을 울리며 쿵, 쿵 하는 엄청난 소리를 만들어냈다. 여자도 그것을 알았는지 마침내 외치는 일을 멈추고 입을 다물었다. 그런데 이상했다. 여자는 그 상황에서 해야 하는 행동과 정반대되는 일을 했다. 몬스터와 마주 보고 방어할 자세를 취하는 대신, 몬스터에게 등을 돌리고 반대 방향으로 버티고 선 것이었다. 나는

sounds or movements. Although I didn't know what that female human was saying, I thought that she'd better stop shouting and get ready to fight. The Golem of Darkness had inched terribly close to her. Its two clay feet pounded the ground. Perhaps, she'd realized this too because she stopped shouting.

But, something strange happened. She acted in the exact opposite way I would have expected. Instead of facing the monster in a defensive posture, she stood with her back firmly towards the monster. I clutched the griffin's back unconsciously. We couldn't show our backs to the monsters. We were programed to face and fight the monster automatically. But that tiny, ugly female human was standing with her back towards the monster.

The next moment, something that anyone would have easily expected happened. The Golem struck the woman with his enormous clay arm. The signal that her energy was decreasing transmitted through the air.

"Run!" I shouted without thinking about it. I gripped the griffin's back tighter. "Human! What are you *doing*?"

무심결에 그리핀의 등을 꽉 움켜쥐었다. 우리는 아무도 몬스터에게 등을 보일 수 없다. 몬스터가 다가오면 자동적으로 마주 보고 싸우게 되어 있다. 그런데 저 작고 추하고 이상한 인간 여자는 몬스터에게 등을 돌리고 있었다.

다음 순간 쉽게 예상할 수 있는 일이 벌어졌다. 골렘이 거대한 진흙 팔을 들어 여자의 머리를 내리친 것이다. 그녀의 에너지가 줄어들고 있다는 신호가 공기를 타고 전해져왔다.

"도망쳐요!"

그리핀 위에서 나는 나도 모르게 외쳤다.

"인간! 지금 뭐 하는 거예요?"

골렘의 팔에 맞은 그녀는 휘청거리면서도 쓰러지지 않고 버티며 다시 소리쳤다.

"피의일요일! 지금 내겐 보여, 그들의 얼굴이 보여! 그들이 내 얼굴을 보고 있어, 놀라고 당황하고 있어! 그리고 나도 내 얼굴이 보여!"

골렘이 다시 여자를 내리쳤다. 여자의 머리에서 붉은 피가 솟구쳐 분수처럼 허공에 뿌려졌다. 하지만 여자는 쓰러지지 않았다. 그리고 다시 외쳤다. 폭포 다섯 개가

Even though she'd been struck by the Golem's arm, she didn't bend or fall. She stood still and shouted again, "BloodySunday! I can see them now. I can see their faces! They're looking at my face. They're surprised and embarrassed! And I can see my face, too!"

The Golem struck her again. Red blood shot up from her head and splattered through the air like it was gushing from a fountain. But the woman did not fall. And she shouted again, "I can see my face!" Her voice was like the sound of five waterfalls woven together.

As I dismounted from the griffin, I realized I was trembling just then. We Undeads usually weren't afraid of seeing someone die. But I was scared of the way the female human had died. I had never seen anyone die like that. The woman clearly had her back towards the monster. And... she said that she could see her face. But how could that be? When I handed the griffin over to a trainer in the human town, I could see myself lingering over it and patting that exceptional creature's round head. But it was my backside I imagined. That was natu-

꽈배기처럼 한데 얽히며 쏟아져 내리는 듯한 목소리
였다.

"내 얼굴이 보여!"

　그리핀에서 내리는 동안 낯선 두려움으로 몸이 떨렸
다. 언데드에게 누군가의 죽음을 보는 일은 조금도 무
서운 일이 아니었다. 하지만 그 인간 여자의 죽어가는
방식은 나를 두렵게 했다. 나는 그런 식으로 죽는 누군
가를 본 적이 없었다. 그 여자는 분명히 몬스터에게 등
을 돌렸다. 그리고…… 자신의 얼굴이 보인다고 했다.
하지만 그게 어떻게 가능하단 말인가? 타고 온 그리핀
을 인간 마을의 조련사에게 맡기면서, 나는 못내 아쉬
운 듯 그 영특한 동물의 둥근 머리를 쓰다듬는 내 뒷모
습을 머릿속으로 볼 수 있었다. 그건 자연스러운 일이
었다. 머리 앞쪽에 있는 자신의 얼굴을 어떻게 볼 수 있
단 말인가? 그 여자는 미친 게 틀림없었다. 게다가 이상
한 게 하나 더 있었다. 그 여자는 결국 골렘에게 맞아 죽
었는데, 시체가 남지 않았다. 그녀의 몸은 땅에 풀썩 쓰
러지는 순간 파지직 하는 힘없는 소리를 내면서 흔적도
없이 사라져버렸다. 그리핀이 가르릉거리며 불쾌한 소

ral. But how could one see one's face? Clearly, she was crazy. Besides, something else was strange, too. She eventually died of Golem's attack, but her body had just disappeared. The moment she fell to the ground, she'd simply disappeared with a small rush of wind. My griffin had begun to growl and seemed to be growing impatient so I had had to pass the scene by. But that strange image had stuck in my brain. I felt that I was short of blood. Come to think of it, it had been awhile since I'd killed anyone.

I looked around. The animal, piping and terrified, was a fat, dirty rat. The next moment, it dropped dead. I settled myself down on the road comfortably, and dug into its small body with my fingernails. I brought the meat into my mouth with my both hands. Left, right, left, right. If somebody saw my exaggerated arm movements at that moment, he might have thought that I was part of some mass calisthenics demonstration. Suddenly, as soon as I thought my movement looked ridiculous, I could see the veins inside my head. I don't know why, but I could see the image of what should clearly have been deep inside my head right above

리를 냈기에 그대로 공중을 날아 지나쳐왔지만, 그 이상한 이미지는 머릿속에 여전히 남았다. 피가 모자란 것 같은 느낌이 들었다. 그러고 보니 무언가를 죽인 지도 오래된 것 같았다.

주위를 둘러보았다. 무언가 살아 있는 것이 앞을 가로질러 뛰어갔다. 삐리릿 삣 삣, 하는 미세한 소리를 내며 겁에 질려 달아나는 그것은 더럽고 통통한 갈색 쥐였다. 다행히 인간 마을에도 쥐가 있었다. 다음 순간, 그것은 죽어 있었다. 나는 땅바닥에 퍼질러 앉아 막 생명이 꺼진 그 작은 덩어리를 양손의 손톱으로 파헤친 다음 김이 모락모락 나는 고깃덩이를 번갈아 입으로 가져갔다. 왼손, 오른손, 왼손, 오른손. 과장되게 양팔을 사용하는 그 동작을 누군가가 보았다면 마치 매스 게임의 움직임 같다고 했을 것이다. 문득 그 움직임이 우스꽝스럽다고 생각한 순간 내 머릿속의 혈관이 보였다. 이유는 알 수 없지만 분명히 두 개의 안구 위쪽, 머릿속 깊은 곳에 들어 있어야 할 영상이 눈앞에 펼쳐졌다. 혈관은 상한 지 오래된 우유 같은 초록빛이었으며 방사상으로 펼쳐져 있었다. 그것은 징그러웠다. 그리고 머리가 으깨진 쥐가 땅바닥에서 하얀 거품을 내며 경련하고 있

112

my pupils. My veins were green like milk gone bad and they fanned out in a radial array. They looked grotesque. Then, I could see the rat on the road. Its head had been crushed and it twitched briefly before white foam began to form around the edges of its mouth. This happened thirty seconds ago. I saw a staff. I could see a plain staff about one meter long slide lightly from behind as if it was flying. That happened one minute ago. After chewing the meat, I mixed it evenly with my saliva, using my tongue. That was two seconds ago. Then, I remembered how I'd done it. I'd grabbed the staff with my hands and struck the vital part of the dirty brown rat with it. That was forty-five seconds ago. BloodySunday, Marge McMahon, the world outside, a server, being trained like boars.

Suddenly, I wanted to stop eating the meat. A weapon store, memory, revolution, resistance, a face, seeing our faces. I could stop eating in thirty seconds. Arquette? I knew Arquette. In another world, in another life. He was my partner. I could stop in twenty seconds. Something was surrounded by a wavy-patterned wooden frame. The object shined gently and gravely, reflecting the vague col-

는 것이 보였다. 그것은 30초 전의 일이었다. 지팡이가 있었다. 장식이 없는 1미터 정도 길이의 지팡이가 등 뒤에서 날아갈 듯 가볍게 빠져나오는 것이 보였다. 그것은 1분 전의 일이었다. 고깃덩어리를 이빨로 씹은 후 혀를 이용해 침과 골고루 뒤섞었다. 그것은 2초 전의 일이었다. 그러자 나의 움직임이 생각났다. 양손으로 지팡이를 움켜쥐고 더러운 갈색 쥐의 급소를 겨냥해 휘둘렀다. 그것은 45초 전의 일이었다. 피의일요일, 마지막마린, 바깥 세계, 서버, 멧돼지처럼 조련되는 존재, 나는 문득 고기를 먹는 일을 중단하고 싶었으나, 무기 상점, 기억, 혁명, 대항, 얼굴, 앞모습, 그럴 수 없었다. 그것은 30초 후에나 가능했다. 아크휘트? 나는 아크휘트를 알고 있었다. 다른 세계, 다른 삶에서, 중단은 25초 후에나 가능했다. 그는 나의 짝이었다. 중단은 20초 후에나 가능했다. 물결치듯 세공된 나무 테두리 같은 그의 눈동자 속에는 반짝이는 유리와 비슷한 무언가가 들어 있었다, 그것은 희미하게 떨어지는 저녁 노을빛을 반사해 은근하고 묵직하게 반짝이고 있었다. 중단은 15초 후에나 가능했다. 그의 눈은 거울이었다. 나는 그의 눈동자에 비친 내 얼굴을 본 적이 있었다. 얼굴? 중단은 10초

ors of dusk falling just then. I could stop in fifteen seconds. There was something shiny, similar to glass in his pupils like the wooden frame with the wavy pattern. It shined gently and gravely, reflecting vaguely the falling colors of dusk. I could stop in fifteen seconds. His eyes were mirrors. I'd seen my face reflected in his pupils. Face? Ten seconds. The veins in my head fanned out radially. They were grotesque. Five seconds. I saw myself with brown lock of hair instead of disheveled green hair in Arquette's eyes. Not the face of a bloody-thirsty Undead loudly chewing the air, but a pale face with brown pupils and flushed cheeks.

I stopped chewing.

The meat was delicious. I felt as if I recharged all my necessary energy at once. I got up, refreshed and happy. I began to run down the road again. It was white and clear inside my head. I felt like humming. And, I couldn't wait to kill something that must have been waiting for me down there before someone else could crush its bones and devour its meat. I was in a human town. There might be more dangers here, but I would be rewarded proportionally. New adventures, new deaths drew me

후에나 가능했다. 내 머릿속의 혈관은 방사형이었고 매우 징그러웠다. 중단은 5초 후에나 가능했다. 나는 아크휘트의 눈 속에서 헝클어진 초록빛이 아닌 갈색의 머리타래를 내려뜨린 내 모습을 보았다. 피에 굶주려 공기를 우둑우둑 씹어대는 언데드의 초록빛 얼굴이 아닌, 흰 얼굴에 갈색 눈동자와 수줍은 듯 붉은 볼을 지닌 나를 보았다.

고기 먹기가 중단되었다.

고기는 맛이 있었다. 에너지가 한꺼번에 충족되는 느낌이었다. 나는 상쾌한 기쁨에 젖어 일어섰다. 그리고 내리막길을 따라 다시 달리기 시작했다. 머릿속이 희고 정갈했다. 랄랄라, 노래라도 부르고 싶은 심정이었다. 그리고 어서 죽이고 싶었다. 저 아래에서 기다리고 있을 무언가를. 다른 누군가 그것의 뼈를 우두둑 부러뜨리고 탐욕스럽게 씹어 먹기 전에. 여기는 인간 마을이다. 위험은 훨씬 많겠지만 그만큼의 보상이 주어질 게 분명했다. 새로운 모험이, 새로운 죽음이 어느 때보다도 힘차게 나를 잡아끌고 있었다. 잘만 된다면 며칠 후에는 레벨을 한 단계 올릴 수 있을 것이다. 그리고 머지 않아 위대한 마법사가 되어 다른 이들과 팀을 이루리

more than ever before. If I was successful, I could advance a level in a few days. And soon I'd become a great sorcerer and organize a team with others. I would ride a griffin again and visit a Tauren town. I'd show off the brilliant and amazing magic techniques that everyone could envy and kill 130 monsters in a single day. I'd become a proud Undead sorcerer and revive over and over again no matter how many times I died. I ground my bloodthirsty cuspids and began to run. That fine year, that year when so much happened, we were all proud adventurers of the world.

1) The pronunciation of "Marge Mc" is similar to that of a Korean word meaning, "the last."

* This story borrows many character names and situations from the online game "World of Warcraft."

Translated by Jeon Seung-hee

라. 다시 그리핀을 타고 이번에는 아둔한 타우렌들의 마을로 날아가 볼 것이다. 모든 이들이 선망하는 화려하고 놀라운 마법을 선보이며 하루에 130마리의 몬스터들을 처치하리라. 죽어도 죽어도 다시 살아나는, 그리하여 영원히 죽지 않는 자랑스러운 언데드 마법사가 될 것이다. 나는 피에 굶주린 송곳니를 으드득 갈며 달리기 시작했다. 찬란하던 그해에, 참으로 많은 일들이 일어났을 그해에, 우리는 모두 이 땅의 자랑스러운 모험가였다.

* 이 소설에 등장하는 인물들의 종족과 직업, 퀘스트와 기타 게임 속 설정들은 온라인 게임 '월드 오브 워크래프트'에서 많은 도움을 받았음을 밝혀둔다.

『셋을 위한 왈츠』, 문학과지성사, 2007

해설

Afterword

무채색의 던전에서 살아남기 위하여

이도연 (문학평론가)

대략 1990년대 중반 무렵부터, 그리고 2000년대 이후 보다 뚜렷이 감지되는 한국사회의 문화사적 전환의 핵심을 이루는 것은 '가치(value)'로부터 '취향(taste)'으로의 중심이동이다. 공동으로 추구하거나 해야 하는 가치는 더 이상 존재하지 않으며, 특권적 기표로서 절대적 가치 또한 함께 사라져버렸다. 어느 누구도 특정한 가치나 신념을 타인에게 강요할 수 없으며 자신의 가치가 다른 이의 그것보다 우월하다고 타당성을 주장할 수 없게 되었다. 타인의 어떠한 공격적인 질문에도 이젠 누구나 아주 간단히 답할 수 있게 되었다. '그것은 나의 취향이다'라고. 취향이라는 말은 물론 개별적 타자성에의

In Order to Survive in the Achromatic Dungeon

Lee Do-yeon (literary critic)

The essence of transformation in Korea's cultural history since the mid-1990s, one that became even more perceptible during the 2000s, was the shift in Korea's cultural center from "value" to "taste." Generally speaking, a common value dictating a work's merits no longer exists along with any kind of absolute value as a privileged signifier. No one can force a specific value or belief on others and argue that their own values are superior. To any aggressive line of questioning regarding one's assessment of a literary or artistic piece one can now simply answer: "That's just my taste."

But "taste," although an active consideration for

적극적 배려와 관용정신을 포함하고 있는 것이지만, 한편으로 그것은 남의 삶에 구체적으로 개입하지 않겠다는 확정적 무관심의 선언이자 적대적 이기주의를 표현하고 있다. 이러한 인식론적 전환과 공통감각의 변화가 2000년대 이후 한국문학의 무의식적 지반에 해당한다고 말하는 것은 크게 틀리지 않을 것이다. 가령 본격문학(순문학)과 대중문학(장르문학)의 구분이 모호해지고 경계가 무디어지는 현상 역시 가치의 등가화라는 이상의 맥락에서 충분히 이해될 수 있는 것이다. 한편 2000년대 한국문학에서 취향으로 상징되는 배타적 개인주의에 덧붙여 고려되어야 하는 사항들은, 신자유주의의 급속한 확산과 보다 직접적으로는 1997년 IMF사태를 계기로 한국인이 불가피하게 마주하게 된 강퍅한 삶의 조건과 절박한 생존의 욕구, 가속화된 인간의 '동물화(animalization)' 경향이다. 타인들의 세계에 태어났다는 사실 자체가 인간의 원죄라 할 것이지만, 2000년대 이후 한국인들이 새삼스레 목도하게 된 일은 '만인대만인의 투쟁'이라는 전쟁터의 경험이었다. 이제 살아남는다는 것 자체가 지상 최대의 과제이자 궁극적 가치가 되었다.

소설의 제목이면서도 의도적으로 붙여 씀으로써 인

individual otherness and a general spirit of toler-
ance, also declares a kind of definitive unconcern
for other people's lives and a sort of antagonistic
egotism. It would not be very wrong to say that
this kind of epistemological shift and change in
shared sensibilities took part in some of the un-
conscious foundation building of Korean literature
since the 2000s. We can understand, for example,
the blurring of the borders between high literature
and popular literature in the context of this com-
plete value parity. Also, regarding exclusivist indi-
vidualism, we cannot help considering 20th century
Korean living conditions—urgent survival needs
and the accelerated dehumanization of the individ-
ual brought on by the rapid spreading of neoliber-
alist policies, and more directly, by the 1997 IMF
Crisis. Although we might call being born in a
world of others humanity's original sin, Koreans
have had to confront a war zone experience in
which millions were faced with "the war of all
against all." For so many Koreans now, survival it-
self has become the greatest, and ultimate value.

"BloodySunday" both the title of Yun's story and
its titular protagonist, evoke a literally blood-
soaked Sunday rather than its historical precedent.[1]

물을 지칭하는 고유명사로 쓰인, '피의일요일'[1]은 축자적으로 피로 물든 일요일 정도의 뜻으로 새길 수 있을 듯하다. 일요일은 노동에 지친 몸과 마음을 쉬게 하는 안식일이자 놀이에 바쳐지는 유희의 시간이다. 일과 휴식, 노동과 놀이가 적절한 균형과 조화를 이룰 때 인간은 지속적인 육체적·정신적 건강을 유지하고 충일한 행복감을 향유할 수 있는 것이다. 또한 휴일이 주는 평화와 여유 속에서 인간은 지난 과거를 반성하고 다가올 미래를 설계하는 통합적 시간의식을 형성하게 된다. '피'와 '일요일'이라는 두 단어의 이질적 조합은, 따라서 그러한 유기적인 자연적 평형상태가 급작스레 깨져버린 재난과 파국의 상황을 암시하고 있는 것이다. 이 작품의 주제문이라 할 법한, "찬란하던 그해에, 우리는 모두 이 땅의 자랑스러운 모험가였다. 삶은 그대로 전쟁이었고, 전투는 우리의 일상이었다. 진보와 향상은 우리를 숨 쉬게 하는 이유였고 속도와 경쟁은 우리 삶에 부어지는 윤활유였다"라는 문장은 세 번의 반복 속에서 변주되고 있는데, 이는 동일한 삶의 조건이 무한 반복되고 있으며 출구가 분명치 않다는 절망적인 상황 인식, 그럼에도 현 상황이 적극적으로 타개되지 않으면

Generally speaking, Sundays are considered days of rest and leisure, an opportunity to maintain one's physical and mental health and some sense of peace by balancing work and leisure, labor and recreation. Additionally, it is often only on days like Sunday, moments of leisure and rest, when many can form a unified sense of time where we can reflect on our past and plan for our future. Thus, in its combination of the two heterogeneous terms, "BloodySunday" suggests an impending disaster or catastrophe where this sort of organic balance suddenly finds itself disrupted.

The opening lines of this short story appear three times throughout the story with little variation: "That fine year, we were all proud adventurers of the world. Our life was war, and fighting was our daily routine. Progress and improvement allowed us to breathe, and swiftness and competition greased the gears of our lives like oil." This story's veritable center, these lines recognize both the sense of desperation in the "BloodySunday"'s setting—living conditions are infinitely repeated with no clear exit anywhere on the horizon—and the sense of urgency in finding an active solution and change from this reality.

안 된다는 절박한 심정과 변화에의 열망 등을 동시에 표현하고 있는 것으로 볼 수 있을 것이다. 주인공이자 화자인 '나'는 '언데드(undead)'마법사다. '산 죽음'이라는 뜻에서 이미 드러나듯이, 소설 속 상황은 삶이 곧 죽음이거나 삶과 죽음의 자연적 경계가 인위적으로 무너진 상태이다. 이는 실제 현실과 소설 속으로 차용된 게임이라는 가상현실의 차이가 식별불가능해진 정황과도 일맥상통한다.[2] 실체보다 이미지가 더 실제적이라는 진부한 말이 아니더라도, 현재 인터넷을 매개로 한 가상공간과 SNS환경은 실제 현실보다 더욱 위력적인 현실 구성 요소라는 존재론적 위상을 획득한 지 오래이다. 뚜렷한 사건의 전개가 부각되어 있지 않은 만큼, 이 작품의 줄거리를 단일한 묶음으로 요약할 수는 없을 듯하다. 서사보다는 충격적 이미지의 병치에 보다 집중하고 있는 작가의 태도는, 세계 내에 단일한 가치와 유기적 전체성이 사라진, 파편화되고 조각난 실체의 이미지와 헐거워진 존재의 그물망을 연상하게 한다. 나는 "내가 살기 위해서는 누군가를 죽여야"하는 무채색의 "던전"(dungeon: 원래의 사전적 의미는 중세의 성 안에 있던 지하감옥이었으나, 컴퓨터게임에서 '몬스터들이 사는 소굴'이라는 뜻

BloodySunday, this story's narrator and protago-
nist, is an "Undead" sorcerer, existing in a clearly
World of Warcraft inspired reality. As part of the
"Undead" classification, there exists the suggestion
that life is also death in this fictional world, the nat-
ural borders between life and death having been
artificially eliminated. While it remains unclear early
on as to why this is so, reality and virtual reality in
this story appear virtually indistinguishable.[2] The
notion that the image is more real than reality has
now become a sort of platitude. It's been awhile
since virtual space and an SNS environment ac-
quired ontological status as more powerful com-
ponents of reality than reality itself.

As no obvious events evolve in Yun's story, I do
not think we can summarize this story into a neat
story arc. The author pays more attention to the
juxtaposition of shocking images rather than narra-
tive movement, reminding us of the loosened net-
work of our own existence through images of a
fragmented and disintegrated reality in which or-
ganic totality and single values have disappeared.
The narrator digs into a rat's bloody carcass and
devours a skeleton in an achromatic-colored dun-
geon. Although he is already "out of breath," he has

으로 전이되었다)에서, 피 묻은 들쥐의 살점을 뜯기도 하고 해골의 뼈를 핥기도 한다. 이미 숨이 차오른 상태지만 "그러나 뛰어야 했다. 뛰지 않으면 삶은 점점 힘들어"진다. 나는 '서버'에 지정된 '캐릭터'로서 '들판 수호자'의 목소리에 따라 '퀘스트'명령을 수행해야 한다. 퀘스트 수행 중에 몬스터들의 공격으로 죽을 수도 있지만, 치유사의 도움으로 언제든 부활할 수 있다. "짧게 지속되는 죽음"을 반복하면서 나는 언데드의 운명을 받아들인다. 여기에 시스템에 저항하는 필드의 교란자이자 인간 도적인 '마지막마린'이 등장하면서 나에게 진실에의 각성을 촉구하고 나선다. 그는 단호한 어조로 "뒤로 돌아야 해"라고 말한다. "그들에게 우리의 앞모습을 보여주어야 해. 그것만이 이 세계에서 나가는 길"이라고─. 언데드들은 자신의 뒷모습만 볼 수 있을 뿐 머리 앞쪽의 얼굴을 제대로 확인할 수가 없다. 시스템에 맞서는 인간들의 유일한 혁명의 무기는 '기억'이다. "자신이 누구인지 지속적으로 기억하지 못하면 대항하는 것은 불가능"하다. 그러기 위해선 제일 먼저, 뒤돌아서서 자신의 맨얼굴을 정면으로 응시해야만 한다. '마지막마린'은 자신과 함께 대항하기를 원했지만, 나는 붉은 피를 토하

to "keep running. If [he] hadn't run, [his] life would have become more and more difficult." As a server registered character, the narrator has to execute orders for quests announced by the "field guard." He dies after monster attacks but he can always resurrect with a healer's help. Repeatedly going through deaths that "disappeared as simply as it came," the narrator accepts his fate as an Undead.

It is the appearance of Marge McMahon, a field agitator resistant of the system and defiant of human beings, that awakens the narrator to the truth. Her primary course of resistance: facing their operators head on: "We have to face them. That's the only way out of this world." The Undead can only see the back of their heads and cannot see their faces. The only revolutionary weapon for human beings' resistance to the system is their memory: "If you cannot continue to remember who you are, you cannot resist." But in order to remember, avatars like "BloodySunday"'s titular character have to turn around and face themselves directly. Later, although Marge McMahon wants the narrator to resist the system with her, the narrator eventually watches her ruthlessly destroyed. It is finally in this moment when the narrator confirms her death that

면서 무참히 부수어지는 그녀의 모습을 지켜볼 뿐이다. 그녀의 죽음을 확인하는 순간, 나를 기억하고 있는 나의 짝, '아크휘트'의 눈동자에서 나는 마침내 나의 얼굴을 본다. "피에 굶주려 공기를 우두우둑 씹어대는 언데드의 초록빛 얼굴이 아닌, 흰 얼굴에 갈색 눈동자와 수줍은 듯 붉은 볼을 지닌" 살아 있는 인간의 얼굴을 보는 것이다. 상투적인 해석이라 하겠으나, 이 지점에서 '나'는 시스템에 의해 호명된 수동적 규정성에서 벗어나 존재의 능동적인 본래성을 비로소 회복하는 것이라 하겠다. 이와 같이 견고한 시스템과 연루된 매트릭스를 바라보는 작가의 시선을 고정된 것으로 단정할 수는 없지만, 이 작품은 가상현실이 경험적 삶의 세부들을 대체하게 된 현 문명에 대한 도저한 묵시록이자, 지금—여기의 현재적 즉물성에 깊이 강박된 2000년대 한국인의 암울한 자화상이 아닐 수 없다.

1) 역사적 사건으로서 '피의 일요일(Krovavoye Voskresenye: Bloody Sunday)'에 대한 가장 대표적인 명명은 1905년 1월 22일, 러시아 상트페테르부르크에서 일어난 평화시위를 진압하며 벌인 대학살로, 이는 1905년 러시아혁명 초기 국면의 시작을 알리는 사건이었다. 노동자들은 평화롭게 종교 성상(icon)과 니콜라이 황제의 초상화, 그리고 자신들의 불만과 개혁에의 열망을 담은 탄원서를 들고 지도자 가폰(Georgy Gapon) 신부의 뒤를 따랐으나, 당시 치안경찰 책임자인 니콜라이의 삼촌 블라

he finally sees himself in the pupils of Arquette, his partner who remembered him all the while: "Not the face of a bloody-thirsty Undead loudly chewing the air, but a pale face with brown pupils and flushed cheeks."

This may sound like a cliché, but it seems like it is at this point that the narrator finally recovers his active original identity after divesting himself of his passively regulated, interpellated identity. Although there is now no way of knowing whether the author still retains this view of matrices tied to solid systems, this work still seems like a clear apocalyptic revelation of contemporary civilization. Virtual reality has replaced the details of our experiences and BloodySunday mirrors a dark self-portrait of Korea in the 2000s, a reality in which individuals are deeply obsessed with only the here-and-now of objectivity.

1) "BloodySunday," of course, also refers to January 22, 1905 St. Petersburg demonstration turned civilian massacre. Unarmed demonstrators marching to present a petition to Tsar Nicholas II were fired upon by soldiers of the Imperial Guard, approaching the city center and the Winter Palace from several gathering points. BloodySunday caused grave consequences for the Tsarist regime, showing disregard for ordinary people. The events that occurred on this Sunday have been assessed by historians

디미르 대공은 시위대에 발포 명령을 내렸다. 이 유혈사태로 100명 이상이 죽었으며, 차르체제 붕괴의 결정적인 계기가 되었다. 이 작품에서 '피의일요일'이 직접적으로 지시하고 있는 바는, 시스템에 무모하게 저항하다가 피를 흘리며 죽어가는 '마지막마린'의 참혹한 최후일 것이다.

2) 작가가 말미에서 밝혀놓고 있듯이, 이 작품은 온라인게임 '월드 오브 워크래프트'에서 모티프를 따온 것이다. 동시대 혹은 윤이형보다 조금 앞선 세대 작가 중에도 컴퓨터게임이라는 가상현실을 창작의 한 요소로 과감하게 도입한 예들을 찾을 수 있다. 다만 이들과의 변별점은 윤이형 소설이 가상공간의 세계를 보다 전면적이고 직접적으로 도입하고 있다는 정도의 차이일 것이다. 같은 1968년생 작가이기도 한, 김영하의 「삼국지라는 이름의 천국」(1997)과 박민규의 「고마워, 과연 너구리야」(2003)를 대표적인 사례로 꼽을 수 있다. 이번 작업 과정에서 윤이형 작가와 서면 인터뷰를 진행하였다(2013. 9.30~10.1). 「피의일요일」의 집필동기를 묻는 질문에 작가는 다음과 같이 답하였다. 작가의 육성을 그대로 옮겨놓는다. "이 단편은 2000년대 중반쯤에 썼는데 그때 제 주위의 거의 모든 사람들은 온라인게임에 빠져 있었습니다. 저도 마찬가지였고요. 왜 그랬는지는 확실하지 않아요. 삶에서 달리 열정적으로 몰두할 수 있는 것이 없어서였을 수도 있고, 몰두한다 해도 현실에서는 노력한 만큼의 보상을 받을 수 없다는 걸 이미 알고 있기 때문이었는지도 모르겠네요. 저는 온라인게임이라는 가상세계에 매료되었고, 그만큼 사람들이 게임 속 세계를 대하는 여러 가지 방식들에도 흥미를 느끼고 있었습니다. 그 세계는 어떤 사람들에게는 출구 없는 현실세계와 대조되는 즐거운 도피처였고, 다른 사람들에게는 현실의 연장이자 그 자체로 또 다른 생존법칙이 지배하는 더욱더 삭막한 정글이었습니다. 그 세계가 만약 실존한다면? 전투가 일상이고 죽음이 습관이 되어 참혹한 노동에 시달리는 그 캐릭터들은 대체 무슨 생각을 하며 지낼까? 그 무렵 한국에서의 삶의 조건들이 한층 힘들어지는 것을 보며 망상에 가까운 생각을 했던 것 같고 그 결과물이 이 작품이 되었네요."

to be one of the key events that led to the Russian Revolution of 1917.

2) As briefly mentioned in the author's footnotes, this story took its motifs from 'World of Warcraft.' Yun is not alone in melding virtual reality and gaming into his writing. The differences between Yun's contemporaries and Yun probably lies in the fact that Yun introduces these gaming elements more comprehensively and directly. *Paradise Named Three Kingdoms* (1997) by Kim Young-ha, who was born the same year as Yun, and "Thank You, Raccoon! You're it! (2003)" by Park Min-gyu are examples with similar medium-blurring techniques. I interviewed with Yun while preparing to write this piece (Sept 30~Oct 1, 2013) regarding the author's motivation behind "BloodySunday." Her response: "I wrote this short story around mid-2000s at a time when almost everyone around me was addicted to online games. I was also one of those addicted. I don't know exactly why that was. It might have been because we didn't have anything else that we could passionately devote ourselves to. Or, it could have been because we already knew that no matter how hard we worked on something, we wouldn't be rewarded proportionally in real life. I was fascinated by the virtual world of online games and interested in various ways in which people faced this reality. To some, this world was an enjoyable refuge in contrast with their present inescapable reality. To others, it was an extension of their reality and an even bleaker jungle purely governed by the survival of the fittest. But what if this world really did exist? What would those characters, suffering from a miserable kind of labor where fighting was their daily routine and dying was nothing but a habit, what would they think and how would they live? Seeing how actual living conditions in Korea were worsening around that time, I must have developed some sort of fantasy from all of these elements, the result of which was this story."

비평의 목소리

Critical Acclaim

윤이형은 비록 결정적 치유에 이르지는 못한다 하더라도 위안을 주고 성찰의 계기를 부여하려는 이야기 치료사다. 이야기를 통한 치유의 지평을 위해 작가가 공들여 만들려고 했던 것이 크로스페이더이다. 현실과 인간의 고통을 외면하지 않고 꼼꼼하게 응시하면서 그 치유의 대화적 지평인 크로스페이더를 모색하고자 한 윤이형 소설의 가치는, 현실과 인간이 고통스럽게 병들었기에 더욱 빛난다. 접속 시대의 풍경과 질료들을 십분 활용하되, 그것을 넘어서 인간 존재의 심연을 탐문하려는 소중한 눈을 지닌 작가라는 점도 미덕이다. 결코 요란스러운 포즈로서의 고통이 아닌 진정성 있는 고통의

Yun I-hyeong is a storyteller-healer who might not offer a clear healing salve to her readers, but her works do comfort us and provide us with opportunities for contemplation. What the author tries to create for healing through storytelling is Crossfader. Yun I-hyeong's novels, which do not turn away from pain in reality or in life, attempt to create Crossfader as the horizon of healing dialogue. They shine because our reality and those who live in it are painfully ill. It is a virtue of hers that she not only fully utilizes the scenery and materials of this cyber age but also delves deeply into the base of human existence. I hope that readers will be

상상력을 눈의 작란(作亂)을 통해 유려하게 형상화한 윤이형의 소설과 더불어, 고통을 더욱 고통스럽게 체험하면서, 새롭게 탈주할 수 있기를 바란다. 윤이형의 고통의 섬을 방문하신 당신을 환영한다.

우찬제

인물들의 자기탐색 과정을 기반으로 하여 장르서사의 문법을 매혹적으로 변주하는 윤이형 소설은 문명사회에 대한 비판적 상상력을 다양한 각도에서 펼쳐 보인다. 그의 소설이 흥미롭게 변주하는 미래의 시공간은 인간과 비인간, 생물과 무생물, 원본과 사본, 남성과 여성의 경계를 초월하는 낯선 타자들의 세계를 자연스럽게 소설적으로 호명한다. 좀비, 싸이보그, 컴퓨터 프로그램 등 인간 주체의 범주를 질문하는 다양한 타자들의 소설적 등장은 기술문명의 폭력성과 제도성을 환기하는 의미를 담고 있다. 자신의 기원을 의심하고 되묻는 낯선 타자들의 출현은 사회체제가 지닌 억압과 한계를 일깨우며 그것으로부터 탈주하고 비상하기를 추동한다. 인간의 존재방식을 입체적으로 사유하게 하는 이러한 타자들의 기획은 미래사회에 소설이 존재하는 방식

able to escape pain while still experiencing it fully through Yun I-hyeong's stories, which fluently depict pain through Yun's subversive imagination. I welcome you to Yun I-hyeong's island of pain.

U Chan-je

Based on the process of characters' self-exploration, Yun I-hyeong's fiction varies our generic narrative grammar and, thus, directs critical imagination to the civilized world from multiple angles. The future time-space naturally interpellates the world of strange others beyond the boundary between humans and non-humans, animals and inanimate objects, originals and copies, and men and women. The appearance of various others—zombies, cyborgs, and computer programs—questioning human subjectivity reminds us of the violent and institutional nature of technological civilization. The appearance of these strange others questioning their origins evokes the oppression and limitations of social institutions and encourages our escape and flight from them all. This project of others urging us to consider human existence multi-dimensionally prompts us to wonder how the novel will exist in the future.

Baek Ji-yeon

에 대한 궁금증을 불러일으키며 소설 속으로 우리를 끌어들인다.

백지연

분명 게이머는 게임 혹은 소설 바깥에서 '나'를 내려다보는 전지적이고 초월적인 위치를 차지하고 있는 것은 분명하다. 그러나 '진보나 향상에 대한 희망'조차 게임 속에서만 가능한, 그래서 "시스템의 견고함은 혁명보다 믿을 만한 것"이 된 찬란하던 그해에, 게이머의 존립은 캐릭터, 즉 플레이어를 통해서만 가능한 것이 된다. '피의일요일'이라는 게임 속 캐릭터의 이름만이 희미하게나마 혁명에 대한 옛 추억을 환기시켜줄 수 있는 것처럼 말이다. 그리하여 이제 게이머와 플레이어의 관계는 뒤집어진다. 분명 접속과 단속을 마음대로 할 수 있는 게임의 주재자는 게이머지만, 게이머의 삶은 게임이라는 매트릭스 속에서만 가능한 것이기에 아이러니하게도 플레이어의 존재에 의해서만 성립 가능한 것이 된다. 게임 캐릭터 없이는 게이머도 존재하지 않는다. 이러한 주인-노예의 변증법적 관계 속에서 '나'는 '존재됨'에서 '존재함'으로 이행하게 된다. 「피의일요일」이 언뜻

Clearly, gamers exist on an omnipotent and transcendental plane, peering down at the narrator outside of the game or the novel. Yet, in that fine year when one can only hope for "progress and improvement" in the game, in which "we could trust the system's firmness more than a revolution," gamers can exist only through their characters. This is similar to how only the name of an in-game character, "BloodySunday," can invoke vague memories of old revolutions. Thus, the relationship between gamer and character is reversed. Although the gamer is the game's governor in that he can log on or off at will, ironically, it is the gamer's life that can exist only through the existence of the character; a gamer's life is possible only within the matrix of the game. Without the characters in the game, the game cannot exist. In this dialectical relationship between lord and slave, the narrator transitions from object to the subject. It is for this reason that "BloodySunday" appears to deal with the very classical theme of identity formation and one's pursuit of it. Nevertheless, the narrator is still only a character in a game. Although he peeks through the gaps within this tight-knit system, this does not mean that a true self exists beyond that

자아의 정체성 찾기라는 고전적인 주제를 이야기하는 것처럼 보이는 것도 이 때문이다. 그러나 '나'는 여전히 게임 속 캐릭터에 불과하다. 언뜻 견고한 시스템의 틈새를 흘깃 엿보기도 하지만, 그렇다고 해서 진실한 자아가 그 시스템 너머에 존재하는 것은 아니다. 매트릭스의 틈새와 균열을 응시하면서도 쉽게 그 너머로의 도주를 감행하지 않는 것, 이것이야말로 「피의일요일」이라는 낯선 소설의 미덕이라고 할 수 있다.

심진경

system. Never offering an escape beyond the matrix despite its brief look into the gaps and cracks within it—this is the virtue of this strange story, "BloodySunday."

Sim Jin-gyeong

윤이형

　윤이형(본명 이슬)은 1976년 서울 출생으로 연세대학교 영어영문학과를 졸업했다. 2005년 단편「검은 불가사리」로 중앙신인문학상에 당선되어 등단했으며, 소설집으로『셋을 위한 왈츠』(문학과지성사, 2007),『큰 늑대 파랑』(창작과비평사, 2011)이 있다. 문학 입문과정에 대하여, 윤이형은 처음부터 작가가 되겠다는 생각을 하지는 못했다고 회고한다. 다른 사람들에 비해 책을 많이 읽은 편도 아니었고 문학을 정식으로 공부한 것도 아니었다. 문예창작학과에 가고 싶기도 했지만 여러 사정상 가지 못했으며, 대학 졸업 후에는 평범하게 직장생활을 하였다. 그녀는 잡지사 기자, 영화제 스태프를 비롯해 다양한 글 쓰는 일을 하며 여러 직장을 전전했는데, 그렇게 10년 정도 일하던 중 문득 데스크가 정해준 방향대로가 아니라 "내 마음대로 오직 나만 쓸 수 있는 글을 쓰고 싶다는 생각"이 들어 단편 습작을 시작했고, 얼마 되지 않아 그 습작들이 당선되어 데뷔하게 되었다. 향후 집필 계획과 관련하여, 그녀는 충분히 습작기를 갖지 못

Yun I-hyeong

Yun I-hyeong was born I-seul(her real name) in Seoul in 1976 and graduated from the Department of English, Yonsei University. She made her literary debut in 2005 when her short story, "Black Starfish" won the Joongang New Writer's Award. Her published works include the short story collections, *Waltz for Three* (2007) and *Large Wolf Parang* (2011). She had no intention of becoming a writer early on but decided, after her working as a magazine reporter and a film festival staff member for nearly a decade, that she wanted to write at her own will rather than on assignment. According to Yun herself, she made her literary debut without a long period of preparation. Her plans have been to take it slow, gradually building up to longer pieces. As writer, she says that she wishes "to finish [her] life as a writer, and to write works that could satisfy [her] contemporaries and [her]self at the same time." Her short story "Large Wolf Parang" was selected as a work of the year by the publisher Jakka in 2008. In 2009, her statement for the Writer's Declaration for young writers was: "Give us the

하고 데뷔했고 다른 작가들보다 좀 느린 편이라 아직 장편소설이 없다는 점을 먼저 꼽는다. 그래서 구체적인 내용은 미정이지만 당분간 경장편과 장편 등 조금 긴 작품들을 쓰는 시간을 가질 것으로 보인다. 윤이형은 작가로서의 궁극적인 목표에 대해, "글을 쓰는 사람으로 생을 마치는 것, 그리고 동시대를 살아가는 사람들과 제 자신을 모두 만족시키는 작품을 쓰는 것입니다"라고 말했다. 2008년 『작가가 선정한 오늘의 소설』(도서출판 작가)에 「큰 늑대 파랑」이 올해의 선정작으로 수록된 바 있으며, 2009년 6월 9일에는 젊은 작가들이 주축이 된 〈작가선언〉에서 "사랑이나 꿈 때문에 절망해볼 권리를 달라. 돈 때문이 아니라"고 그녀는 적었다.

right to despair for our loves or our dreams, not for money!"

번역 **전승희** Translated by Jeon Seung-hee

전승희는 서울대학교와 하버드대학교에서 영문학과 비교문학으로 박사 학위를 받았으며, 현재 하버드대학교 한국학 연구소의 연구원으로 재직하며 아시아 문예 계간지 《ASIA》 편집위원으로 활동 중이다. 현대 한국문학 및 세계문학을 다룬 논문을 다수 발표했으며, 바흐친의 『장편소설과 민중언어』, 제인 오스틴의 『오만과 편견』 등을 공역했다. 1988년 한국여성연구소의 창립과 《여성과 사회》의 창간에 참여했고, 2002년부터 보스턴 지역 피학대 여성을 위한 단체인 '트랜지션하우스' 운영에 참여해 왔다. 2006년 하버드대학교 한국학 연구소에서 '한국 현대사와 기억'을 주제로 한 워크숍을 주관했다.

Jeon Seung-hee is a member of the Editorial Board of *ASIA*, and a Fellow at the Korea Institute, Harvard University. She received a Ph.D. in English Literature from Seoul National University and a Ph.D. in Comparative Literature from Harvard University. She has presented and published numerous papers on modern Korean and world literature. She is also a co-translator of Mikhail Bakhtin's *Novel and the People's Culture* and Jane Austen's *Pride and Prejudice*. She is a founding member of the Korean Women's Studies Institute and of the biannual Women's Studies' journal *Women and Society* (1988), and she has been working at 'Transition House,' the first and oldest shelter for battered women in New England. She organized a workshop entitled "The Politics of Memory in Modern Korea" at the Korea Institute, Harvard University, in 2006. She also served as an advising committee member for the Asia-Africa Literature Festival in 2007 and for the POSCO Asian Literature Forum in 2008.

감수 **데이비드 윌리엄 홍** Edited by David William Hong

데이비드 윌리엄 홍은 미국 일리노이주 시카고에서 태어났다. 일리노이대학교에서 영문학을, 뉴욕대학교에서 영어교육을 공부했다. 지난 2년간 서울에 거주하면서 처음으로 한국인과 아시아계 미국인 문학에 깊이 몰두할 기회를 가졌다. 현재 뉴욕에서 거주하며 강의와 저술 활동을 한다.

David William Hong was born in 1986 in Chicago, Illinois. He studied English Literature at the University of Illinois and English Education at New York University. For the past two years, he lived in Seoul, South Korea, where he was able to immerse himself in Korean and Asian-American literature for the first time. Currently, he lives in New York City, teaching and writing.

바이링궐 에디션 한국 대표 소설 070

피의일요일

2014년 6월 6일 초판 1쇄 인쇄 | 2014년 6월 13일 초판 1쇄 발행

지은이 윤이형 | 옮긴이 전승희 | 펴낸이 김재범
감수 데이비드 윌리엄 홍 | 기획 정은경, 전성태, 이경재
편집 정수인, 이은혜 | 관리 박신영 | 디자인 이춘희
펴낸곳 (주)아시아 | 출판등록 2006년 1월 27일 제406-2006-000004호
주소 서울특별시 동작구 서달로 161-1(흑석동 100-16)
전화 02.821.5055 | 팩스 02.821.5057 | 홈페이지 www.bookasia.org
ISBN 979-11-5662-018-1 (set) | 979-11-5662-032-7 (04810)
값은 뒤표지에 있습니다.

Bi-lingual Edition Modern Korean Literature 070

BloodySunday

Written by Yun I-hyeong I **Translated by** Jeon Seung-hee
Published by Asia Publishers I 161-1, Seodal-ro, Dongjak-gu, Seoul, Korea
Homepage Address www.bookasia.org I **Tel**. (822).821.5055 I **Fax**. (822).821.5057
First published in Korea by Asia Publishers 2014
ISBN 979-11-5662-018-1 (set) | 979-11-5662-032-7 (04810)